中公文庫

あとは司直の判断に委ねます

私設秘書　真野正司

阿桜世記

中央公論新社

目次

あとは司直の判断に委ねます

私設秘書　真野正司

序章

新幹線

二〇二三年一〇月六日の金曜日、一七時四八分発の広島行き、のぞみ七九号は定刻通りに東京駅を発車していた。

新型コロナウイルス感染症の猛威は下火になったものの、指定席は四割ほどしか埋まっていなかった。出張帰りのサラリーマンの何人かは、もう週末に突入したと認識しているようで、あちこちで缶ビールを呑《の》んで一週間の疲れを癒やしている。

ほどなくして、車両は緩やかに減速し始めた。

真野正司《まのしょうじ》は、最後のひと切れとなったサンドイッチを急いで飲み込んだ。そして、保冷ボックスから三五〇ミリリットル缶のビールを取り出した。しかし、プルトップを開けることなく、不織布マスクを着けた。

真野は国会議員の秘書である。

地方を地盤にしている国会議員に仕える秘書の多くは、国会担当と地元担当とで役割を分担している。しかし、真野は、地方選出の議員の秘書でありながら、国会、地元の区別なく議員に同行し、世話をしている。なぜ、そのようになったのかは、彼が議員のスタッフに採用された経緯に深く関係している。

衆議院議員の荒岩光輝《あらいわこうき》を真野が知ったのは、二〇〇八年、高校二年生の冬だった。衆議院予算委員会の場で、禁止されている外国人による献金を総理が受けているのではないかと、当選一期目の荒岩が問い質《ただ》したのだ。当時、四七歳という、永田町《ながたちょう》的には若手ではあったが、総理を相手に臆することなく数々の証拠を突きつけ、最後、「あとは司直の判断に委ねたく存じます」と議論を締めくくった。

この質疑はNHKで生中継されただけでなく、ニュース映像として繰り返し放送され、当時、政治にまったく興味がなかった真野の記憶にも深く刻み込まれた。

三か月後、荒岩の質疑がきっかけになって総理が退陣した。それをニュースで見た真野は決意した。家庭の事情で進学は諦めていたが、なにを目指すかを決めたのだ。荒岩のような立派な議員になるという分不相応な夢は描けなかった。秘書になって、このひと、荒岩光輝に尽くそうと誓ったのだ。

そして、荒岩の国会事務所にアポイントメントを取ることなく突撃した。

国会は閉会中で、荒岩は地元で挨拶まわりをしていて会えなかったが、秘書が真野の熱意を汲み取って、いろいろと相談に乗ってくれた。その秘書の後押しもあって、後日、荒岩の選挙区、岡山で荒岩本人との面接にこぎ着けた。

現在は法改正が行われて、一八歳から政治活動ができるが、当時は二〇歳からしか許されていなかった。

政治家の秘書は、議員のスケジュール調整とか、議員の歳費の管理とかの業務もするが、議員とともに、あるいは、議員の代行として選挙区をまわることが主たる仕事となっている。それは政治活動にあたり、当時の法律では一八歳の真野にはできなかった。

そのため、二〇歳になってもまだ、政治の道を目指すのなら歓迎すると言って、荒岩は真野少年と握手した。有り体《ありてい》に言えば、不採用となったのだ。

しかし、岡山まで行って黙って帰るほど、当時の真野は大人ではなかった。四日間、ファミリーレストランなどで夜を明かし、連日、事務所に顔を出して、未成年の間は丁稚《でっち》働きでもなんでもするので、高校卒業後、いや、すぐに仕事をくださいと懇願し続け、勝手に掃除やコピー取りといった雑用を引き受けた。

その甲斐《かい》あってか、高校だけは卒業しておけと荒岩に説得され、春を待って、真野は秘書見習いとして採用された。ただし、未成年のため政治活動はできず、国会開会中は東京の議員宿舎、国会がないときは岡山の自宅で荒岩の世話をさせられた。

小遣いほどの手当でこき使っているので、三か月以内に辞めるだろうと荒岩は当たりをつけていた。

だが、真野が辞意を申し出ることはなかった。

総理を辞任に導いた国会質疑が世間の記憶から消え去る前に、荒岩は立て続けに現役閣僚の不正を曝《あば》き、「あとは司直の判断に委ねたく存じます」と議論を締めくくり、彼らを辞任に追い込んでいった。

それが起爆剤になったのか、二〇〇九年、一五年ぶりとなる政権交代が実現した。荒岩が所属する党も与党の一翼を担ったが、荒岩本人は与野党の区別なく、政治家の闇を白日の下にさらしていった。

狙った標的を逃さないアメリカのミサイルを想起させることから、荒岩は『国会のトマホーク』とマスコミから異名を授かり、それは真野の誇りとなり、荒岩に尽くそうと、さらに思うようになったのだ。そして、二〇歳の誕生日を迎え、政治活動ができるようになると、真野は私設秘書として選挙区をまわるようになった。

そこで困ったのが荒岩だった。当選当初、国会会期中の本人の世話は荒岩の妻が担っていたのだが、真野が見習い秘書になってからは、妻は地元、岡山での活動に専念していて、真野が国会会期中の女房役に取って代わっていた。今さら、妻を上京させるわけにもいかず、荒岩は真野を国会担当の秘書に据え、東京での自分の世話役も兼務させた。不慣れながらも、真野は国会担当の秘書としての仕事をそつなくこなした。しかし、それですべてが上手《うま》くいったわけではなかった。

二〇一二年一二月、激しい選挙戦の末、以前の与党が勝利して政権を奪還し、荒岩たちが下野した直後、選挙での陣頭指揮の疲れが出たのか、荒岩の妻が病で倒れたのだ。一時しのぎとして、荒岩は東京、地元、関係なく自らがいるところに真野を同行させて、秘書の業務とともに身の回りの世話も任せた。そして、荒岩の妻が帰らぬひととなると、真野は改めて代議士がいるところすべてで業務を担う秘書に任命されたのだ。

国会議員、特に若い議員には休みなどない。国会の会期中には永田町に張りついていなければならない。週末は地元の会合に出席するだけでスケジュール表は真っ黒になる。少しでも余白があれば、支援者への挨拶まわりに時間を割《さ》く。国会が閉じれば、地元での会合と支援者への挨拶まわりが倍増するだけなのである。

荒岩は、真野の秘書業務を少なくして体を休めることを許すつもりでいた。しかし、真野はそれをよしとはしなかった。荒岩が多忙を極めるなか、若くエネルギーがはち切れんばかりに溢《あふ》れている自分が休むことを真野自身が許さなかったのだ。

三二歳になった今も、真野は国会と地元を行き来して、『国会のトマホーク』、荒岩の秘書業務と身の回りの世話をこなしている。

新幹線のアナウンスが品川駅に近づいていることを告げ始めた。

国会は六月に通常国会が閉幕して、議員たちは選挙区へ帰った。来週には臨時国会が召集され、再び、永田町は騒がしくなる。

だが、党の政策審議会会長を拝命している荒岩は、閉会中も金帰火来、つまり火曜日から東京に来て党務を執り行い、金曜日に選挙区に帰るというスケジュールをこなしている。金曜日の夕方、選挙区に帰る新幹線のなかでビールを呑むのが荒岩の息抜きの時間なのだ。

国会が開いているときは、新幹線の便を調整して、仲のいい広島選出の後輩議員との懇談の機会にもしている。ただし、呑み過ぎには注意するようにと、かかりつけの医師から厳命されているので、真野は東京駅を発車する前、品川駅に到着したあと、新横浜駅に到着する前の三回に分けて、それぞれ三五〇ミリリットル缶のビールを荒岩に届け、それ以上は呑ませないようにしている。

議員は議員パスでグリーン席を確保しているが、真野は議員の自前で指定席を購入しているので、駅が近づくたびに車両を移動してグリーン車を目指すことになる。缶ビールが冷えていることを確かめると、たまたま後ろの席に乗り合わせていた地元の支援者に挨拶をして、二本目のビールを待ちわびているだろう荒岩のもとに向かった。

グリーン車に到着する前に新幹線は品川駅に停車した。

来春、二〇二四年には、東海道、山陽、九州新幹線は全面禁煙になるが、二〇二三年は、まだ、数か所の喫煙ルームで煙草《たばこ》を吸うことができる。

ビールを空けたあと、荒岩は煙草を吸いに喫煙ルームに向かう。そして、席に戻ったとき、真野が新しいビールを届けていないと不機嫌になる。

しかし、グリーン車にたどり着けないまま、新幹線のぞみ号は発車した。あと一両でグリーン車というところで乗客が渋滞しているのだ。

「申し訳ないです」と頭を下げながら、ひとを掻《か》き分《わ》けていく。

デッキにたどり着いたとき、真野の前にはひとの壁ができていた。

だれかが叫んだ。

「喫煙ルームでひとが倒れているんだ。車掌を呼べっ。車両を止めろっ」

嫌な予感がした。品川駅に到着するころに喫煙ルームにいるのは……。

真野はひとの壁に行く手を遮《さえぎ》られ、荒岩の姿を確認することはできなかった。だれかが操作したのか、新幹線は緊急停止した。

第一章

来客

国会のトマホーク、衆議院議員荒岩光輝、逝《い》く。

一報が報じられたのは、一〇月六日の金曜日の夜だった。

一七時四八分発、広島行き、のぞみ七九号の喫煙ルームで事件は起きた。

のぞみ号などのN700系の新幹線では、客車の前後のデッキ横の通路脇に、車掌室やトイレ、ゴミ箱などが設置されている。三号車、一〇号車、一五号車のそのスペースにあるガラス張りの狭い部屋が喫煙ルームである。

グリーン車に隣接する一〇号車の喫煙ルームで、ひとりの青年と荒岩が重なるようにして倒れていた。そして、喫煙ルームの出入り口には「毒ガス注意」と書かれた紙が貼られていた。

そのため、異変に気づいた乗客たちも喫煙ルームに近づくことはできず、車両を緊急停車させた後、救急隊員が駆けつけてから、やっとふたりの死亡は確認された。

荒岩に同行していた私設秘書、真野正司は、警察の事情聴取を受けたのち、翌日、司法解剖を終えた荒岩の遺体とともに選挙区、岡山に戻った。

八日の日曜日に通夜、九日の月曜日に告別式が執り行われ、一〇日には真野は、荒岩の岡山の後援会事務所でアルバイトをしている学生、樽見優作《たるみゆうさく》とともに東京に戻り、赤坂の議員宿舎の引っ越し、退去の手続きを終えたのち、永田町の議員会館の事務所を訪れていた。

国会議事堂の裏手、三棟のビルの真ん中、衆議院第二会館の四階にある荒岩の事務所で、真野たちは退去に向けて片付けをしているのだ。

議員会館のそれぞれの事務所は、扉を開けるとすぐに細長い秘書部屋があり、その隣に議員の執務室とミーティングルームが並んでいる。

「まのっち、ちょっと休憩しようよ」

秘書部屋で書棚の書類を段ボール箱に入れていた樽見が長い息を吐いた。丸い顔からは汗のしずくがしたたり落ちている。

三浪で吉備《きび》理科大学に入学したのちに留年を繰り返し、現在、六年目の大学生活を謳歌《おうか》している樽見は歳が近いこともあって、真野との会話は友達口調となっている。

「ぐずぐずしていたら、今日中に終わらないぞ」

「終わらなくても問題ないよ。あとは明日、明日——そもそも、片付けをふたりだけでやっているのが問題なんだよ」

「仕方ないだろ」

すでに先輩秘書たちは、次の就職先を見つけるのに躍起《やっき》になっている。あるいは、進路を地方議員に定めて、次の選挙に向けて準備を始めているのだ。

「それにしても、少しは手伝ってくれてもいいのに。薄情だよなあ――さて、事件に進展があったかなぁ」

樽見はすでに休憩時間に入ったと決めつけたようで、スマートフォンでネット情報を漁《あさ》り始めた。

「今日、終わらなかったら、どこに泊まるんだよ。東京のホテルは高いんだからな」

「まのっちの部屋でいいよ」

「いいよってなんだよ。泊めてくださいと言えよ」

「そんな堅苦しい仲じゃないんだから――あ、あの大学生の日記、詳細情報が来てるよ。片付けなんかしている場合じゃないよ」

じっくり見るつもりなのか、樽見はまだ片付けていない事務所のパソコンを立ち上げ、荒岩が殺された事件に関する情報、いや、東京の大学生が殺され、巻き添えで荒岩も死亡した事件に関する情報をインターネットから拾う作業に没頭した。

事件発生当初は、国会議員を狙ったテロ事件だとの憶測がインターネットでさかんに呟《つぶや》かれた。しかし、詳細が報じられ始めると、違う見解が主流となった。

新幹線の防犯カメラの映像によると、事件発生の一分三〇秒ほど前に荒岩が手ぶらで喫煙ルームに入り、煙草を吸い始めた。その約一分後、長髪に革ジャンの若い男が喫煙ルームに入った。アタッシュケースを抱えていて、服装とはマッチしていなかった。荒岩は黙礼をしたが、若い男は無視して煙草に火をつけた。その後、若い男は携帯電話のようなものをポケットから取り出し、相手と会話を始めた。会話を終えたところに赤い野球帽をかぶり大リーグのロサンゼルス・エンジェルスのウインドブレーカーを着た男が喫煙ルームに入ってきて、若い男からアタッシュケースを受け取り、そのまま車両の乗降口に向かった。そのとき、防犯カメラは、野球帽の男が喫煙ルームの出入り口に紙を貼ったことを記録していた。その紙が事件直後に乗客を喫煙ルームから遠ざけた「毒ガス注意」の貼り紙であった。

そして、新幹線が品川駅に到着した数秒後、喫煙ルームにいたふたり、長髪の若い男と荒岩は突然、崩れ落ちるように倒れたのだ。

一部の乗客がざわつくなか、品川駅を発車した新幹線は、すぐに緊急停車した。その後、救急隊員により、ふたりの死亡は確認され、警察による捜査が始まった。

まだ詳しい成分は不明だが、貼り紙の通り、ふたりは毒ガスの吸引により死亡したということが判明した。そして、毒ガスは若い男が持っていた携帯電話、実際はトランシーバー——通信機のなかに仕掛けられていて、無線の遠隔操作でガスが噴霧《ふんむ》されたことがわかった。

　さらには、野球帽の男は新幹線が東京駅を発車した直後にも、事件があった喫煙ルームに現れていて、煙草の吸い殻を捨てる口などをいじっていた。そのとき、煙の排気口を塞《ふさ》ぎ、毒ガスが充満しやすくしたようだ。また、野球帽の男が品川駅で下車していたことは防犯カメラが捉えていた。

　事件発生は品川駅を発車する直前であったが、品川駅に事件のことが伝わったのは車両が緊急停止したあとである。そのため、警察が非常線を張って不審者を捜すのが遅れてしまい、野球帽の男の足取りはまったく摑《つか》めていない。

　事件直後の事情聴取で、真野は防犯カメラの映像を見せられた。

　コロナ感染症の猛威は下火になったが、公共交通機関に乗る際、まだ多くのひとがマスクを着用している。野球帽の男がコロナの感染予防を心がけていたかは不明だが、マスクは着用していた。そして、終始、野球帽を深くかぶっていたため、歳は若くはなさそうだということとしかわからなかった。

　その映像を見る限りでは男に見覚えはないと、真野は答えた。

　真野が荒岩の遺体を引き取って岡山に移送している間も、警察の捜査は続いた。警察は、荒岩と一緒に亡くなっていた若い男を、一年、浪人した後に東京の私立大学に入学し、現在は二年生の坂本麗介《さかもとれいすけ》だと特定した。彼は三か月前から、いわゆる闇バイトと言われる非合法な仕事をしていたと、友人たちは証言した。また、毎週、金曜日に同じ便で大阪に通っていたことも警察は割り出した。

荒岩も毎週、金曜日に東京から選挙区である岡山に帰っていた。しかし、東京での用事が終わる時間が毎回、変わるので、この日、のぞみ七九号に乗ったのは、たまたまであった。そのため、国会議員を標的にしたテロ事件ではなく、闇バイトでトラブルを起こした大学生と、運悪く同じ新幹線に乗り合わせ、不幸にもその時間に煙草を吸いにいった荒岩は巻き込まれて殺されたのだと警察は推察していた。

そのような情報が流れるなか、真野は荒岩の死を受け止められず、ひとと話すことが億劫《おっくう》になるほどに疲れ、気持ちのやり場に困っていた。

なぜ、荒岩は死んでしまったのか。新幹線の便を変えるだけで未来は変わったのではないか。

真野は自らの問いを、告別式の準備などの雑事や弔問客の接待の忙しさで誤魔化そうとしていた。しかし、荒岩が灰となり、煙が天へと上っていったあたりから、諦めのようなものを感じるようになった。物語や映画のヒーローがひと仕事終えて表舞台から去るように、荒岩も政治の場での役割を終えたのではないかと思えるようになったのだ。

その間も、マスコミやインターネットのインフルエンサーたちは事件の背景に迫っていて、被害者の大学生が書いたWEB日記の存在が囁《ささや》かれていた。

それが特定され、樽見は騒いでいるのだ。

「大学生の日記が見つかっても、死んだひとが戻ってくることはないし、おれの再就職先がすぐに見つかることはなく、お前の卒業が決まるわけでもない。さっさと片付けるぞ」

真野は、樽見に向かって顎をしゃくって、作業を続けるよう促した。

「冷たいドリンクを飲まないと、ぼく、干《ひ》からびちゃうよ。それと、そろそろ着替えないと死んじゃうよ」

汗かきの樽見は、いつも、デイパックのなかに替えの服を準備している。

「冷たいものをガブガブ飲むから、汗をかくんじゃないのか？　仕方ない。五分だけ休んでいいぞ」

「五分だとコンビニに行くだけで終わっちゃう」

すでに事務所の冷蔵庫は片付けてしまっている。飲み物を買うには議員会館の地下のコンビニエンスストアに行くほかない。

「わかったよ。では一〇分だ。おれにはアイスのカフェラテを買ってきてくれ」

と財布からコンビニエンスストアのプリペイドカードを抜き取り、樽見に渡した。

「あっざーす」軽く頭を下げたとき、電話がなり、樽見はそのまま受話器を取った。

「ウラジオストック商会のイワン・スミルノフさんが陳情でーす」

樽見は電話の相手の口調を真似《まね》た。

一般のひとが打ち合わせや陳情で議員会館を訪れるときは、連絡先と用件を備え付けの用紙に書き、受付に提出する。そして、受付がその内容を議員事務所に内線電話で伝えてくるのだ。

「ウラジオストック商会？」真野は怪訝《けげん》な表情を隠さなかった。

「聞いたことがないな。樽見は知っているか？」

「一年に一度か二度しか上京しないぼくが知っているわけないよ——じゃあ、帰ってもらう？」

　事務所にある多目的情報表示モニターで面会者の映像は確認可能だし、それで不審に思えば、面会を断ることもできる。しかし、長年、議員会館に勤務して、真野は一度も面会者を門前払いしたことがなかった。

「いや、そのまま通して」

「オーキードーキー」と返し、樽見は電話で返答して受話器を戻した。

「だけど、イワン・スミルノフって、ちょっと怖いな」

「何が？」

「名前、そのものだよ」

「なんで？」

　真野が小首を傾《かし》げた。

「普通すぎるんだよ、名前が。ロシア人のイワン・スミルノフって、日本人でいえば、鈴木一郎とか、田中ヒロシくらい平凡なんだ」

「詳しいな」多分、樽見が好きなアニメの影響なのだろうが、あえて言及はしなかった。

「じゃあ、会うのはやめたほうがいいのか？」

「でも、受付に返事しちゃったから、今から断るの、無理だよね」

「というか、イワンさんって、ロシア人？　ロシア語なんて、おれ、話せないぞ」

「受付で会話が成立したんだろうから、日本語で大丈夫じゃね？　あとは頼んだ。ぼくはコンビニに行くから」

と、樽見は開けっ放しの扉から出て行った。

有権者に開かれているとの意思表示のためか、議員会館の事務所のいくつかは、扉を開放している。荒岩の事務所も秘書が不在でなければ、扉は開いている。

どうしたらいいんだ、とりあえず扉は閉めておくべきだろうか、と真野が独り言を呟いていると、「どうも、ウラジオストック商会のイワン・スミルノフです」と流暢《りゅうちょう》な日本語が事務所の入り口から聞こえた。

　　　イワン

彫りが深く、髪が薄茶色の男がダークグレーのスーツ姿で開け放たれた扉の前に立っていた。

「ええっと……」

戸惑いながらも、真野は事務所の入り口で用件を聞こうとしたが、その前に西洋人が応えた。

「このたびは、ご愁傷様でした」

彼は香典袋を手渡そうとした。

「ご遺族の意向で、香典は辞退させていただいています。どうか、お戻しください」

そうですか、と西洋人は香典を上着の内ポケットに収めた。

「失礼ですが、荒岩とは、どのようなご関係でしょうか？」

「わたしこそ、失礼しました」

彼が名刺を差し出してきた。ウラジオストック商会の代表取締役社長、イワン・スミルノフと記されている。

「荒岩の秘書……だった真野正司です」

名刺を渡すと、イワンは、一瞬、困惑したような目を見せたが、すぐにトレーディング・カードのSSRカードを手に入れたような笑顔を見せた。

「秘書さんは名刺を持っているのですね」

「当然です」

真野はきっぱりと答えた。

政治家は名前を売るのが商売であり、名刺は街頭で配るチラシと同等である。しかし、荒岩はそうではなかった。選挙区では、ほかの政治家と同様、挨拶代わりに名刺を配っていた。だが、東京では滅多に受け取らない。そして、自分でも渡さなかった。

以前、あるベンチャー企業が政治家に未公開株を譲渡していた事件を東京地検特捜部が内偵していたとき、内部通告者がたまたま持っていた荒岩の名刺を容疑者に見られてしまい、荒岩が調査しているのではないかと勘違いした容疑者の警戒感が高まり、捜査が難航したことがあった。

事件後、関係者の間で話題となり、それを耳にした荒岩は東京では名刺交換を断るようになった。そして、用件はその場で覚えるようにした。メモを取ったときも、すぐにビリビリに破って捨てるようになったのだ。

そのことは永田町の住民には知れ渡っている。初当選した議員が「内緒にするので」と冗談めいて荒岩に名刺交換を求めることもあった。

「貿易の会社をされているのでしょうか？　荒岩とは外交問題を？」

真野はさりげなく話題を変えた。

「そんな話題、荒岩さんとの席で出たことはありません。赤坂の飲み屋で知り合っただけですから」

イワンの言葉に真野の表情は和《やわ》らぎ、心のなかの警報が解除された。

荒岩は「先生」と呼ばれることを嫌っていた。「先生と祭り上げられてしまうと、そのうち、謙虚さが薄れてしまい、有権者の言葉に耳を傾けられなくなる」と支援者によく説明していた。今は剝《は》がしたが、数十分前までは議員会館の事務所の壁には「当事務所では『先生』を禁句とさせていただきます。特に荒岩のことを『先生』と呼ばれたかたからは罰金五〇〇円を徴収させていただきます」と注意書きが貼られていて、その横には五〇〇円玉専用の貯金箱が置かれていた。

そして、荒岩と初対面の多くのひとたちが罰金を払う目に遭った。後援会の幹部などは寄附の目的で、あえて『先生』と連呼して、財布のなかの五〇〇円硬貨をすべて貯金箱に入れていた。ただし、霞《かすみ》が関《せき》の官僚たちは罰金を免除されていた。というか、このルールを無視していたのだ。

外国人の場合、真野の経験上、日本での滞在が長く、日本語が堪能なほど、初対面ではこの罰金を科せられることが多い。しかし、この白人はネイティブだと思えるほど流暢な日本語を話しているにもかかわらず、『先生』とは呼ばなかった。はっきりと荒岩『さん』と言ったのだ。

赤坂の飲み屋で知り合ったというのは本当であり、荒岩とは懇意にしていたに違いない。

半年前、掘り出し物の物件を見つけて自分でアパートを借りるまでは、真野は東京では荒岩とともに議員宿舎で生活をしていた。ただし、ふたりとも過労死の危険領域を突破して働いていたので、議員宿舎は寝るためだけのものだった。そのため、退去に伴う荷物の整理は短時間で済んだのだ。

そんな多忙な毎日ではあったが、荒岩はしばしば、夜遅くにひとりでネオン街に消えていった。一分でも早く寝て疲労回復に努めてくださいと真野は懇願したが、酒は栄養ドリンクだと言ってはばからず、荒岩は秘書の言葉に聞く耳を持とうとしなかった。

そうやって繁華街で過ごす荒岩の姿は秘書たちが知らないものだった。それだけに、少しイワンの話を真野は聞きたくなっていた。

「立ち話もなんなので――」段ボール箱が積み上げられているミーティングルームに真野はイワンを案内しようとした。

「荷物で落ち着かないでしょうが、ここが一番、まともなもので……」

「お忙しいところにお邪魔したわたしが悪いのですから、お気になさらず。今日は挨拶だけのつもりだったので――ただ、この機会に訊《き》いておきたいことがあるのですが」

「お答えできることなら、なんでも」

相手が外国人のせいなのか、真野は、どうぞと言わんばかりに手を差し出して質問を促した。

「たいしたことではないのですが、どなたが荒岩さんを継承するのでしょうか？」

え？　と、思わず出そうになった声を堪《こら》えて、ひと呼吸置いてから、真野は答えた。

「来年、四月に地元、岡山で補欠選挙が行われ、当選したひとが荒岩に代わって議席を得ます。選挙ですので、与党の候補者が勝つこともありえます。与党の候補が当選すれば、荒岩の遺志を継ぐものはいなくなります」

「日本の政治家は世襲が多いと聞いています。世襲なら、勝つ可能性は高いのではないでしょうか？」

「日本に世襲の議員が多いのは確かですし、票を引き継いでいるので、世襲議員が選挙に強いのも間違いありません。しかし、その多くは与党の議員であり、わたしたち野党では数人だけです」

「では、荒岩さんも——」

イワンの言葉を真野は遮った。

「荒岩には、ひとり、娘がいますが、本人にはその気はないようです」

「では、秘書さんが継げばいいのでは？」

「簡単ではないのです。荒岩の秘書のうち、三人がこの機会に次の地方議員の選挙に出る準備を始めました。そのうち、ふたりは荒岩とは無関係の選挙区です。あとひとりは荒岩の地盤を継承するつもりですが、彼は市議会議員を目指してます。選挙の三バン——地盤、看板、鞄《かばん》が揃《そろ》わないものがいきなり国政に打って出るのは無謀です」

「そうですか……。でも、『国会のトマホーク』という名前をだれも継がないというのは残念です」

「遺憾ながら、『国会のトマホーク』は一代限りです」

「荒岩さんの死の真相を解明できるひとが現れたら、そのひとが『国会のトマホーク』を引き継げるのではないでしょうか？」

「真相はすでに明らかです。学生がお金のために危険なバイトをして、トラブルに巻き込まれた。そして、荒岩は運悪く、その現場に居合わせた。それだけです」

真野は唇を嚙《か》んだ。

「ですが、違う真実があるのかもしれません」

「違う真実？　学生ではなく、荒岩が狙われていたと？　そんなこと、ありえません」

「決めつけることは簡単です。しかし、それでは真実が見えないこともあります。そして、なにごとも決めつけなかったからこそ、荒岩さんは国会で閣僚たちの闇を暴露し、『国会のトマホーク』と呼ばれたのではないでしょうか？」

「なんだとっ」

真野の声に鋭い棘《とげ》が生えた。

たしかに荒岩は、なにごとも決めつけなかったかもしれない。それは事実だと真野も信じたかった。しかし、その道をたどって別の真実を追い求めたら、荒岩は暗殺されたと考える必要がでてくるかもしれない。

だが、真野が一番、求めているのは、荒岩が安らかに眠ることだった。それだけに、イワンの言葉は受け入れられなかった。

「気に障ったことがあれば、謝ります。ですが、真実からは目を背けないでください。では、お邪魔しました」

真野がさらに声を荒らげる前に、イワンはそそくさと事務所をあとにした。

彼と入れ違いで樽見が帰ってきた。手にはコンビニエンスストアのレジ袋をさげ、口にはあんパンをくわえていた。

挨拶

「終わったぁ」

最後の段ボール箱を議員会館の廊下に積み上げた樽見が汗を拭う隣で、真野は空っぽになった事務室を見やった。

「まのっち、どうしたの？　ああ、おれの秘書生活もこれで終わりか……と、感傷に浸ってるの？」

「そんなこと、思ってない」

言葉とは裏腹に、怒られたこと、褒められたこと、互いに笑ったこと、荒岩との記憶が真野の頭のなかを巡っていた。

「じゃあ、ぼく、帰るよ」

樽見はデイパックを肩に掛けた。

「いや、まだこの荷物の――」

「受け渡しなんて、子供じゃないんだから、ひとりで出来るでしょ」

「まあ、そうだけど――だが、最後にほかの事務所に挨拶をしないと。片付けで大きな音を出して、迷惑もかかっているだろうから」

「そういうことは、子供のぼくにはわからないから」

「最後までこれかよ……」

都合が悪くなると、子供と大人、ふたつを樽見は使い分ける。

「これが最後じゃないよ。アパートの引っ越しで、まのっち、もう一回、岡山に来るでしょ？　だから、さらばとは言わないよ」

と、議員会館の廊下を駆けていく。

「急いで帰ることないだろ」

真野は廊下に出て、樽見を引き留めようとした。

「秋葉原のメイド喫茶がぼくを呼んでるんだ」

樽見は振り向きながら返した。

「昨日、告別式が終わったところだというのに……」

「ぼく、荒岩さんとの付き合いは三年くらいだし、年がら年中、会っていた、まのっちとは受け止め方が違うのは当然」

「だが、メイド喫茶なんて、岡山で行けばいいだろ」

「岡山には純正なメイド喫茶は一店舗しかないの。だから、最終の新幹線までメイド喫茶のハシゴをしなければいけないんだよ――オレ、このミッションが終わったら、故郷に帰るんだ」

と言い残すと、よほど急いでいるのか、樽見はどかどかと足音を響かせて、階段を下りていった。

「ミッションが終わらなくても、岡山に帰るんだろ……というか、子供がメイド喫茶に入れるのかよ……」

独りごちた真野は身だしなみを整えると、ほかの事務所へ挨拶に向かった。

向こう三軒両隣。引っ越しの挨拶では、自分の家の向かい側の三軒と、左右の二軒、合計五軒が基本になることが多い。議員会館は、エレベータ、階段、トイレなどが中央に配置され、その左右に廊下が縦に走り、廊下に沿ってそれぞれの事務所が並んでいる。そのため、廊下を挟んだ向こう三軒の事務所の議員や秘書とは、ほとんど面識がない。だから真野は、左右それぞれ三軒先までの事務所に挨拶をしてまわった。

今週、臨時国会が開会するが、まだ、秘書しかいない事務所がほとんどだ。知った顔が多いため、「ご愁傷様でした」「お疲れ様でした」と声をかけられ、和やかに挨拶は進んでいった。

最後の一軒の事務所を前にして真野は躊躇《ちゅうちょ》した。

今まで回ってきたのは、荒岩と同じ党か、友党、あるいは無所属の議員の事務所だった。しかし、左側二軒先は与党の議員の事務所だった。『国会のトマホーク』として荒岩が攻撃するのは、基本、与党だった。当然、与党の議員、秘書の多くは、荒岩に良い印象を持ってはいない。

ここへの挨拶はやめておくか、とも考えた。しかし、もし荒岩が真野の立場だったらどうするだろうかと考え、思い直した。相手に嫌われていようと、公平にすべきだ、と荒岩に言われた気がして、真野は深く息をした。

「お忙しいところ、申し訳ありません。荒岩光輝の秘書です」

インターホンで話しかけると、「開いてるよ」と扉の向こうから声がした。よく見てみると、事務所の扉が数センチほど開いている。

「失礼します」真野は扉を開けて頭を下げた。

「このたびは――」

早口で呪文のように挨拶を詠唱して、この場を立ち去ろうとしたが、先に相手が口を挟んできた。

「ほう、荒岩さんの秘書さんか。今回は大変だったな」

特徴があるだみ声だった。

「ええ……」

頭を上げて答えようとしたが、その先の言葉が蒸発していった。

議員会館の多くの事務所には、主《あるじ》である議員のポスターが貼ってある。

扉を入ってすぐの秘書室には、黒い髪をポマードでガチガチに固めた男ひとりが、椅子に座ることなくけん玉で遊んでいた。壁に貼ってあるポスターでは、その男、衆議院議員、玉川健《たまがわけん》が微笑《ほほえ》みながら、けん玉を握っていた。

与党では議員が秘書室で電話番をするのか。それが常識なのか。

混乱するなか、真野はやっとの思いで言葉を声に出した。

「あの……秘書さんは？」

「みんな、使いに出ている。だれに用があるんだ？」

「いえ、特定のひとに会いにきたのではなく、事務所を引き払うにあたって、ご挨拶をさせていただこうと思いまして……」

「それはそれは――では、おれが聞いてやろう」

玉川はけん玉を手にしたまま腕を組んだ。そんなに構えられるとまごついてしまうと思いながらも、真野は挨拶の口上を述べ終えた。

「――では、失礼します」

「きみの話を聞いたのだから、次はおれの番だろ」

いや、順番などないだろ。

抗《あらが》おうとしたが、秘書の習性で議員バッジを付けたひとには盾突《たてつ》けなかった。玉川に言われるまま、真野は椅子に座らされた。玉川はほかのデスクの椅子を持ってきて真野の正面に腰掛けて足を組んだ。

「荒岩先生――先生は禁句か。荒岩さんの跡はだれが継ぐのだ？」

けん玉で遊びながら、玉川は訊いてきた。

「荒岩の身内の者が補欠選挙に出ることはありません。党の候補者は、多分、地方議員から選ばれると思います」

今日、二度目となる質問に辟易《へきえき》としながらも、そんなことはおくびにも出さないで真野は答えた。

「きみは、その未定の候補者の秘書になるのか？」

「そのような話はありません」

「では、きみは今後、どうするのだ？」

「未定です。とりあえず決まっているのは、荒岩の地元で借りていたアパートを今週末あたりで引き払うことだけです」

「もう政治の世界は卒業するのか？」

と訊かれ、真野は言《い》い淀《よど》んだ。

「答えられないのか？　いや、答えたくないのか？」

けん玉で遊ぶ手を止めた玉川の声には非難の響きがあった。

「お怒りなら、謝ります。申し訳ありません――政治の世界に残りたいのは山々なのですが、ずっと荒岩のもとにいたものですから人脈がなく、正直、困っています」

「それなら、おれの秘書にならないか？」

唐突に言われて、真野は声にならない濁音を出しそうになった。

「どうした？『国会のトマホーク』、荒岩さんが攻撃していた与党議員の秘書なんて、一〇〇億円、積まれてもなりたくないと？」

「とんでもありません」

と言いながらも、真野の頭は別の方向に向かっていた。

もし、荒岩が生きていたら、与党の秘書になることを許しただろうか。多分、信念があって与党に鞍替《くらが》えするのなら、容認したであろう。しかし、今、自分は荒岩に誇れる信念を持っているのだろうか。

「では、決まりだ。今からでもいいが、身辺の整理があるだろうから——」

「お誘いはありがたいのですが……あの……その……与党の方にとっては、荒岩はスキャンダルを曝きたてる許されざる存在だったかと思います。その秘書だったわたしを玉川先生のところで受け入れるとなれば、少なからず波風が立ちます。それは玉川先生にとってマイナスになることはあっても、プラスになることはありません」

出任せだったが、自分としては上出来な弁明だった。再就職の目処《めど》がたたないなか、玉川の誘いは魅力的だった。だが、荒岩の秘書としての矜持《きょうじ》を真野は貫き通したかった。

「きみの言うことにも一理あるな」玉川は快活に笑った。

「おれの秘書たちを黙らせることは簡単だ。しかし、党の仲間がどのように思うかは、おれのあずかり知らぬこと。秘書の会合などで、多分、きみを不快にさせるだろう。おれが浅はかだった。今のことは忘れて欲しい」

「いえ、わたしこそ、生意気なことを言って、申し訳ありませんでした」

真野は頭を下げながら、玉川の誘いを受けたほうが良かったのではないかと、後悔していた。

「では、玉川健、個人として、きみに個人的な依頼を受けてもらおう」

「どういうことでしょうか？」

頭を上げた真野は怪訝な目を玉川に向けた。

「今週、召集される臨時国会で、一番、注目されるのは来週からの予算委員会であることは、秘書のきみなら充分わかっているだろう。おれは与党の委員として、初日に質疑に立つ予定だ。そこで、きみに、その準備を手伝って欲しいのだ」

「わたしは政策担当秘書の資格はなく、与党の政策にも精通していません。わたしにお手伝いできることがあるとは思えないのですが」

「予算委員会の質疑は多岐にわたる。国の政策に直接、関わらないことも議論の俎上《そじょう》にのせられる——おれが予算委員会で取り上げようとしているテーマには、きみも興味をそそられると思うんだ。期間は週末までだ。きみの仕事の成果を反映させて予算委員会の質問を組み立てるので、無理なスケジュールになってしまうが、その分、報酬ははずむ。経費込みで三〇万ということで手を打たないか？」

週末までということは、今日を含めても五日で三〇万円。五日間の仕事の経費など、たかが知れている。差額で一か月以上、暮らせるではないか。無職になった身としては、退職金を増額してもらえたようなものだ。なにより、短期のアルバイトのようなものである。これなら天国の荒岩も渋々ながらも許可してくれるだろう。

表情を動かさないよう、苦労しながら、真野は心のなかで小さくガッツポーズをした。

「それで、なにをすればいいのでしょうか」

「簡単なことだ。ひとりの学生の調査をしたまえ」

「学生？」

まさか樽見優作とは答えないよな。

真野は数十分前に別れた学生の丸顔を思い浮かべていた。

「ああ、そうだ。きみもテレビとかで彼の名前だけは聞いているだろう。調べて欲しいのは坂本麗介だ」

「坂本……？」

真野の視線が右上に向いた。つい最近、耳にした覚えがあったが、どこで聞いたのか思い出せなかった。

「忘れたのか？　新幹線で荒岩さんと一緒に殺された学生だ」

にやりとした玉川の右手がけん玉の赤い玉を軽く放り上げた。すぐに下降に転じた赤い玉は、見事にけんに突き刺さった。

日記

荒岩はたまたま事件現場に居合わせただけではあるが、犯人のターゲットだった学生、坂本麗介を調べるのは自分の責務だと、真野は玉川から仕事のオファーを受けてから思うようになった。いや、天命だと信じるに至っていた。

アパートに帰る電車のなか、玉川から受け取った三〇万円が入った封筒を再度、確認したのち、樽見に連絡をして、インターネットにアップロードされている坂本のWEB日記がどこで読めるかを訊いた。議員会館で話したとき、玉川が教えてくれようとしたが、真野は断った。自分は仕事ができるとアピールしたかったのだ。

坂本の言葉のどこかに、荒岩が生きた証《あか》しがないか、真野はWEB日記をスマートフォンで精査していった。

六月三〇日（金曜日）

久々にキャンパスにきたが、講義は退屈そのもので、五分もしないうちに教室をあとにした。三年生に上がるには、この講義を落とすわけにはいかないのだが、まあ、どうにかなるさ。

サークル室にはだれの姿もなく、サークルのたまり場の第四食堂にも知り合いがいなかったので、おれは早めの昼食をひとりでとっていた。そのとき、サングラスにマスクをしたスーツ姿の中年が向かいの席に座った。

「きみ、バイトをしないか？」

男は唐突に話し出した。ほかのだれかに声をかけているのだと思い、おれはあたりを見回した。

「きみに話してるんだ。週に一回、五、六時間だけで、五万円になる」

と言われ、思わず口笛を吹いた。

長髪なので、おれはなかなかバイトを見つけられなかった。見つけられたとしても、バンドの練習やライブでシフトに入れず、すぐにクビになる。

そんなおれに向こうからバイトが舞い降りてきた。

ブラス・バンドのファンファーレが欲しいところだ。

「もし、興味があるなら、ひとけがないところで話をしよう」

「それなら、サークルの部屋がいいな。さっき、行ったら、だれもいなかったからな」

と、おれは食べかけの昼食を返却口に返して、サークル棟の二階、西の端にあるロック研究会の部屋に男を招待した。

ケースに入ったギター、ベース、それにギター・アンプやドラム・セットなどで埋め尽くされた倉庫のような部屋で、おれはドラムの椅子に座った。

「まあ、楽にしてくれ」

と煙草に火をつけた。

汚いなと言いたげに、男は鼻を鳴らして、椅子には座らなかった。

「雇い主は別にいて、おれはリクルートしているだけだ」と断ってから、男は説明に入った。「事前にアタッシュケースをアパートの宅配ボックスに届けるので、毎週、金曜日に大阪に行き、ある人物にそれを渡すという簡単な仕事だ」

「子供でもできそうだな」

「約束ごとを守っている限り、造作もないことだ——行きの新幹線は、グリーン車のチケットが準備されるので、必ずその便に乗るように」

「もし乗り遅れたら？」

「ペナルティが待っている」

「どんな？」

「おれは知らない。おれは仲介するだけだからな」

男が冷たく笑った。

まさか、遅刻しただけで一〇〇万円の罰金とか？

おっかねぇ。

だが、命を取られることはないだろう。なにより、遅刻しなければいいだけの話だ。新幹線に乗るだけで週に五万になる儲《もう》け話《ばなし》を簡単に断ることはできない。

煙草を床で消して、おれは男に説明の続きを聞いた。

もし、取り引きが中止になった場合、品川駅に到着する前にグリーン車の喫煙ルームに来る人物にアタッシュケースを渡すこと。その人物との接触の失敗を避けるために、毎回、品川駅に近づいたら喫煙ルームで待機すること。その際に連絡がスムーズにいくように無線機を渡すので、金曜日の昼の十二時には電源を入れておくこと。大阪でのアタッシュケースの受け渡しも無線機を使う。大阪で一泊することは自由だが、宿泊費は自腹だ。帰りの新幹線のチケットは自分で手配すること。この費用は別途支給する。

「そして、もうひとつ。おれを含め、この仕事に関わるすべてのことを詮索《せんさく》するのを禁じる――同意できるか？」

男はドスが利《き》いた低い声で訊いてきて、おれらしくもないことだが、正直、びびってしまった。

「わ……わかった……」

「ただし、きみが採用されるとは決まってない。来週の木曜日にアタッシュケースが届いたら、それが採用通知だ――おれが話せるのは、ここまでだ。質問があるなら、採用が決まってから雇用主に訊いてくれ。それでは、きみが採用されることを祈る」

男は部屋を出て行こうとした。しかし、扉に手をかけたとき、振り返った。

「これはおれのただの感想だ。興味がないのなら、すぐに忘れてくれ――今まで、何度もこんな仕事の斡旋《あっせん》をしてきた。だが、今回だけは、飛びきりにくさい」

「くさい？　わけわかんないことを言うなよ」

「こういう仕事をしていると、嗅覚が敏感になるんだよ。そして、この仕事には悪臭が漂っている。危険だと、おれの嗅覚が危険信号を発しているんだ。だから、悪いことは言わない。この仕事から手を引け。今なら辞退できる」

サングラスとマスクで男の表情は見えないが、声ではおれを心配していた。

「なにを言ってるんだよ」

笑おうとしたが、砂漠のように乾燥した声しか出てこなかった。

確かに気前が良すぎる話だから、どこかにトラップがあるのかもしれない。君子、危うきに近寄らず、と回避するのが安全だとも思える。だが、おれは君子じゃない。それに、大阪に行くだけで五万のチャンスをほかのだれかに奪われたら、夜も寝られない。

「答えは決まっている。辞退などしない。おれがこの仕事を受ける」

「意志は固いか……それでは……」

ＷＥＢ日記を書けと男は忠告し、スマートフォンを使った書き方を説明した。

「一定期間、アクセスがなければ日記が公開される設定にするんだ。もし、この件で拉致《らち》や誘拐に遇《あ》い、スマートフォンから一定期間、アクセスできなくなると、自動的にインターネットで世界中に日記が公開されることになり、それに気づいただれかが助けてくれるかもしれない。それがきみの保険になる」

「ちんけな保険だな」

と言いつつ、男が出ていったあと、おれはスマートフォンにＷＥＢ日記をインストールした。

七二時間、アクセスがなかったとき、おれの記録は公開されることになる。

まあ、こんな保険、使うことはないだろうが、おれがビッグになったとき、話のタネになるよう書き綴《つづ》っておく。

七月六日（木曜日）

もし、あのバイトに採用されたら、今日の夜、アタッシュケースが届けられると思っていた。

しかし、実際は違っていた。

朝……正確には十一時すぎにベッドから起き出て、目覚めの缶コーヒーを買いに自動販売機のある一階に行こうとしたとき、アパートの玄関のポストにメモが入っていて、宅配ボックスの暗証番号が書かれていた。

宅配ボックスを開けると、アタッシュケース、子供のころ見た記憶があるガラケーに似た電子機器——多分、無線機、それと新大阪行きの新幹線のチケット、東京に帰るための交通費であろう現金が入っていた。そして、新幹線を降りたあと、新大阪駅中央改札口を出て、目の前にある『トラベルサービスセンター新大阪』の前で待てとのメモが入っていた。

アタッシュケースにはダイヤル式のロックとともに小さな南京錠が付いている。なかが気になったが、見ることはできない。ケースを持った感じでは一キロもない荷物であろう。テーブルの上に、アタッシュケース、無線機、新幹線のチケット、交通費を並べて、おれはため息をついた。

いざ、大阪へ行くとなると、面倒に思えてきた。

ばっくれるか？　大阪に行ったが、相手がいなかった、あるいは、見つからなかった、と嘘《うそ》をつこうか。それとも、バイトのときのように仮病を使おうか。

思案していると、無線機がピーピーと鳴った。しかし、通話スイッチを押す度胸はなかった。おっかなびっくり無線機を手にした。じっとしていると、無線機が鳴り止んだ。

無線機の電源が入ってたのか、と独りごち、そのままにすべきか、切るべきか思案していた十数秒後に再び無線機が鳴り始めた。

おれは恐る恐る無線機のスイッチを押した。

「おれだ」聞き覚えのある声だった。大学で会ったあの男だ。「なぜ、一回目に出なかったんだ？」

「いえ……その……操作の方法に慣れてないだけだ」

おれは強気を装った。

「それならいいのだがな。今日と明日、アフターサービスで連絡してやる。明日、遅刻は許されないぞ。もし、最初の仕事で穴を空けたら、きみだけでなくおれも危ないことになるからな。あと、大阪で受け渡しが済むまでは、肌身離さずアタッシュケースは持っておけとのことだ。じゃあな」

プチと音がして無線機からはノイズしか聞こえなくなった。

「おい――こら――」

返事はなかった。

なにか危険な香りがしてきたのは、気のせいだろうか。

なにより、荷物を取ってきてから、五分もしないうちに連絡がきたのが引っかかる。もしかして、監視されているのか？

とりあえず、一回目の明日はずる休みはしないほうがいいな。

遅刻しないよう、おれは目覚まし時計とスマートフォンのアラームをセットした。

七月七日（金曜日）

「あと二時間で新幹線の時間だ。大丈夫だろうな」

男から連絡があったあと、おれは出かける準備をした。そして、予定通り、一七時四八分、東京駅発、のぞみ七九号に乗った。

乗車後、ずっと喫煙ルームで煙草をくゆらせ続けた。バンドのライブのときよりも、大きく、そして、速く、心臓が脈打っていた。

品川駅が近づいたことを告げる車内アナウンスが流れ終わったとき、無線機が鳴った。

「無事に乗車したか？」

またしても例の男だった。

「もしかして、中止か？」

「それは知らない。もし中止になったら、すぐに連絡がくるはずだ」

と言って、すぐに無線は切れた。

その後、無線機は鳴ることなく品川駅に到着し、新幹線は次の停車駅、新横浜に向かって発車した。

「中止じゃないらしいな……」

独りごちたおれは、もう一本、煙草を吸ったあと、やっと初めてのグリーン席に座った。多分、格別の座り心地なのだろうが、そのときのおれには、それを味わう余裕などなかった。

眠ることなく、ただ、真っ直ぐに前を向いて、時間が経《た》つのを待った。

そして、新大阪駅に着くと、真っ直ぐに『トラベルサービスセンター新大阪』に向かった。しかし、土地勘がないため、すぐに迷ってしまった。

「もしもし、新大阪には着いていますか？」

男の声で無線が入った。声の感じは若く、例の男とは別人のようだった。

彼に誘導され、おれは『トラベルサービスセンター新大阪』にたどり着けた。

相手の男は、おれと同じ無線機を手にしていたので、たがいにすぐに認識できた。

彼も仕事に関することを詮索するなと言いつけられているのか、無駄な会話をすることなく、アタッシュケースの受け渡しを終えると、すぐに人ごみのなかに消えていった。

おれは、指定席を取ることなく帰りの新幹線に乗った。

自由席のシートがおれに安らぎを与えてくれた。

真野はWEB日記をさらに読み進めていった。

七月一四日（金曜日）

二回目ともなると心に余裕ができたのか、まい泉《せん》のカツサンドを買って、前回と同じ便、のぞみ七九号におれは乗り込んだ。

一回目のアタッシュケースの受け渡し以降、例の男からの連絡はない。すでに役目を終えて、たんまりと報酬を受け取ったのだろうか。

今回でおれの報酬も総額で一〇万円となる。

後輩に奢《おご》ったり、ライブハウスで知り合った女をメシに誘ったりで、報酬の半分ほどが消えてしまっているが、そろそろギターを買う金を貯《た》めていきたい。

カツサンドをコーラで流し込むと、おれはアタッシュケースを持って喫煙ルームに向かった。

喫煙ルームで一服していると、品川駅に近づいていることを告げるアナウンスが流れ始めた。それが合図かのように、無線機が鳴った。

「今回は中止だ」

例の男ではなかった。声は少ししわがれているように感じられた。

「じゃあ――」

これからのことを確認しようとしたが、無線は切れていた。

とりあえず、無線をしてきた男を待てばいいのだろうか。おれは少々、不安になった。

煙草を灰皿に捨てたとき、知らない男が喫煙ルームに入ってきた。男はサングラスをかけ、マスクをしていて、野球帽を深くかぶり、ロサンゼルス・エンジェルスのTシャツを着ている。

「煙草臭いな——ブツは?」

と訊いたものの、おれの足元に置いてあったアタッシュケースを勝手に手にして、野球帽の男は喫煙ルームをあとにした。

これで今日の仕事は終わりなのか? 週明けに、今日の報酬、五万円が宅配ボックスに届けられるのか?

などと考えているうちに、新幹線は発車してしまった。

まあいいか。急いで帰る必要もないしな。

おれは新横浜から東京に帰った後、中古楽器店に立ち寄った。帰りの新幹線代が浮いたので、なにか掘り出し物があれば買おうと思ったのだ。

そこでおれは一万円のギブソンに出合った。

仕事が早く終わった上に、格安のギターが手に入ったのだ。

今日は盆と正月とクリスマスとハロウィンが一斉に押し寄せたみたいだ。

帰宅しても、真野はWEB日記の続きを読んでいた。

坂本は、この日記に慣れてきたのか、仕事がある金曜日にだけ綴るようになり、九月になると、更新は二週間に一度のペースとなった。

しかし、次の更新は月曜日だった。彼になにがあったのかが気になり、真野は文字を追う速度をトップギアに入れた。

一〇月二日（月曜日）

朝が来るのが待ち遠しかった。

目覚めたとき、時計の針は八時を指していた。

時計が止まっている？

いや、間違いなく朝八時だった。

宅配ボックスを開けると、先週の報酬が入っていた。

無駄遣いを抑え、後輩に奢るのも減らし、ライブハウスで知り合った女と遊びに行く回数を減らしたことで、やっと、貯金が三〇万を超えた。これで本物のギブソンのギター、レスポールが買える。

七月、取り引きが中止になり、新横浜で帰れることになった日、おれは運命的な出会いをして、ギブソンのレスポールを格安で手に入れた……と思っていた。

翌週、出る必要がある講義がないにもかかわらず、おれは大学に行った。もちろん、手に入れたギターをサークルのヤツらに見せびらかすためだ。

「かっこいいな」

「さすがに本物はボディのラインに品があるなあ」

サークルのたまり場の第四食堂で、あいつらは笑みの下にねたみを隠していた。

「これ、高いんだよなぁ」

「かなりの額だな」本当のことを言えば、価値が下がるように思えた。「まあ、週に一回、大阪に行くだけで五万も貰《もら》えるバイトを始めたから、こんなギターの五本や一〇本、すぐに買えるさ」

嫉妬心を一身に受ける、たまらない瞬間だった。

しかし――。

「どうした？　なにかあったのか？」留年している先輩が珍しく大学に姿を見せていた。

「ほう、新しいギターを買ったのか。おれにも見せてくれよ」

品定めするかのように、先輩はギターを精査していった。

「お前、これ、いくらで買った？」

「まあまあの金で……」

おれは言葉を濁した。

「おれ、先月からお茶の水の楽器店で見習いをしているんだけど、そこで見たのと同じだな」

「同じ？」

「ああ、怪しい客が持ち込んでくる偽物のギブソンと」

おれとサークルの連中の声が重なった。

「偽物?」

「そう。偽物」

ギターのヘッドにあるギブソンのロゴ・マークが微妙にずれている、パーツの取り付け位置が斜めになっている、ネックの太さが違う、等々、おれのギターと本物との違いを先輩は挙げていった。

「これ、いくらで摑まされたんですか?」

後輩のひとりの発言が引き金となって、嘲笑の渦が生まれた。

あの日の屈辱をおれは忘れない。

雪辱を果たすには、本物のギブソンを手に入れるしかない。

辱めを雪《すす》ぐときはきた。

この三〇万円を握りしめて楽器店に行くだけで、おれは正真正銘のヒーローになれるのだ。ただし、即決はやめよう。四~五日かけて、良い、いや、最良のギターを選ぼう。

坂本麗介のWEB日記はこれで終わっていた。

坂本麗介は実在しているのだろうか。なんだか、ふわふわしていて、触ろうとすれば消えてしまいそうだ。彼の三か月ほどのWEB日記を思い返しながら、真野は眠りについた。

調査

翌日から真野は本格的な調査を始めた。

とはいっても、素人《しろうと》である。捜査の真似事《まねごと》の域をでることはないと、自分でも思っていた。

まず真野は、荒岩と一緒に新幹線の喫煙ルームで死んでいた坂本麗介が通っていた大学を訪れた。インターネットで見つけた大学案内にあったキャンパス・マップを頼りに、坂本が所属していたロック研究会の部屋に行ってみたが、周辺に人影はなかった。そのため、研究会のメンバーたちがたまり場にしている第四食堂を探し、そして、入ってみた。

高校卒業後、すぐに政治の世界に入った真野にとって、大学は未踏の地だった。高校生ではなく、社会人でもない若い男女は、なぜか真野には煌《きら》めいて見えた。

もし、人生をやり直せるなら、大学生活を満喫したいかも……。

彼らへの嫉妬心があるのか、あるいは、自ら心のバリアを築いてしまっているのか、昼食には少し早めの食堂にいる学生に声を掛けられず、真野は隅の席にひとりで座り、輝いている学生たちを見やっていた。

「おじさん、マスコミのひと？」

ふいに声を掛けられた。

どうやら、三人組の男子学生のうち、ひとりが罰ゲームかなにかで話しかけてきたようだ。その証拠に、残りのふたりはくすくすと笑っている。

「いや、そうではないけど、怪しいものじゃない」

と三人に名刺を渡しながら、おじさん、という言葉を真野は頭のなかで反芻《はんすう》していた。

永田町では若手、いや、はな垂れ小僧だが、ここでは、おじさんなのか。

「あっ、新幹線で殺された——」仲間に耳打ちされて、言い直した。

「お亡くなりになられた国会議員でございましょうか」

「——の秘書。慣れない言い方はなしでいいよ」

「そうですか——そうなのか……。で、なんでこの大学へ？」

「事件のことで個人的に気になることがあって、関係者の話が聞けたらと思ってね」

「殺された坂本ってヤツ、ぼくたちは知らないけど、ヤツが入っていたロック研究会には知り合いがいるから、ちょっと待っていて」

と、食堂のなかを見渡し、ひとりでパスタを食べていた女子学生のところに真野を案内した。

「麗介と一緒にバンドをしていたけど、学園祭前に解散するつもりだったんだ」

赤く染めた髪をベリーショートにした女子学生は、格好とは裏腹に好意的に話してくれた。親切な三人の男子はその話を黙って聞いている。

「学園祭の前に？　学園祭はロック・バンドにとって見せ場なのでは？　もったいない気

がするな」

「麗介が独りよがりなことばかりするので、バンドのみんな、嫌になっちゃって、もう、解散するかって話になってね――でも、やめるのやめたんだ。なにせ、今、うちのバンド、注目の的だからね」

ロック・バンドというものは、強い絆《きずな》で結ばれているのだろうと思っていた真野には信じられない話だった。

「彼のこと、もしかして、よくは思っていなかった？」

「最低のヤツ」悪びれもしないで女子学生は顔を歪《ひず》ませた。「ロック研には、あいつのことを好意的に思っているヤツなんて、ひとりもいないよ――そもそも、ボーカルで入ってきたのに、格好いいからっていうだけで、ギターもやりたいって言い出したけど、メトロノーム練習とか、運指練習とかはサボっていて、全然、上達しないのに、今度はソロを取らせろって。もう、最悪。いや、最悪を通り越して、極悪だった」

女子学生が捲《まく》したてている隙間に真野は割り込んだ。

「でも、亡くなる数日前に書かれた日記のなかで七月のことを書いていただろ？　そこでは仲良くしている感じがしたのだがな」

「あれ、読んだんだ」彼女の顔がさらに歪んだ。「おじさん、国語の成績、悪かったでしょ？」

「よくなかった。というか、悪かった。まあ、勉強は苦手だった」

真野は小さく頭を掻いた。

「あれを読んだら、坂本がわたしたちのことを見下してることは、だれでもわかるはずなんだけどなぁ」

「それは、わかった」

「そして、あの行間で、わたしたちが坂本に持っていた感情が読み解けるはずだよ」

坂本に悪い感情を持っているから、あの日記がそんなふうに読めるのでは……。

反論の言葉が浮かんだが、彼女がへそを曲げると順調にいっている調査が座礁《ざしょう》しかねないと思い、真野は言葉を飲み込んだ。口を挟むことなく真野が相づちだけを打っていると、彼女は延々と坂本の悪口を吐き続けた。しばらくすると、ほかのロック研究会のメンバーも集まってきた。彼らも異口同音に坂本の短所を口にした。

「ちょっと、疑問があるのだが――」真野はロック研究会のメンバーを見渡した。「きみたちの話を聞いていると、坂本麗介くんは、あまり友達にはしたくない人物だと思える」

「思えるのではなく、それが事実」

リーダー格の男子学生が応えると、その場にいたロック研究会の全員がうなずいた。

「全会一致か……。もしかして、バンドだけでなく、仕事でも、坂本くんとは一緒にしたくないと思った？」

「当然」リーダー格の男子学生が代表して返答した。「日記では、いろいろな理由をつけてバイトができなくなったって書いていたけど、実際は坂本に問題があったんだ」

「それなら、なぜ、彼は怪しげなバイトで採用されたのだろう？」

「怪しいから、坂本くらいしか話に乗らなかった。ただそれだけ」

「本当にそうだろうか」真野はもう一度、メンバーを見渡した。

「あの怪しいバイト、きみたちのなかで誘いを受けたひとはいるか？」

学生たちは、みな、首を横に振った。

「類は友を呼ぶ。怪しい仕事だから、坂本のような学生が一本釣りされた。そうじゃないかなあ」

ひとりの学生が応えた。

「だが、採用する側は、仕事に遅刻することなく、無断欠勤もしない真面目な学生を求めていたはずだ。きみたちの話を聞いていると、坂本くんは正反対だ——もうひとつ、みんなに訊きたい。もし、六月に時計の針が戻ったとして、週に一度で五万円のバイトの話があれば、どうする？　ただし、未来において死ぬことは予想できないとした場合」

真野はひとりずつ目を合わせて確認していった。彼らの目はバイトを引き受けると言っていた。

「なあ、あの日、六月三〇日、坂本のほかに怪しい男に声を掛けられた学生がいないか、みんなで訊いてまわらないか？」

眼鏡の学生が周りに提案した。

「なんのために？　もしかして、坂本のために？」

せせら笑う声が響き渡った。

「なんで、坂本なんかのために」

ほかの学生たちも眼鏡の学生に異議を唱えた。

それを調べるのはこちらの仕事だから、と真野が学生たちをなだめようとする前に眼鏡の学生が口を開いた。

「秘書さんのため……違うな……ぼくらのためかな。もしかしたら、坂本くんではなく、ぼくが、あるいは、きみたちのだれかが怪しいバイトの斡旋を受けて、その後、死んでいたかもしれない――その可能性があるのか、ないのか。ぼくはそれを知りたい。だれも賛同しなくても、ぼくはやるよ」

眼鏡の学生はほかのテーブルに歩いていき、食事をしている学生に話しかけた。

何人かが彼に賛同するかのように、食堂に散らばった。

「やってみるか」

リーダー格の学生が立ち上がった。そして、学生たちをチーム分けして、チームのリーダーとそれぞれの担当の場所を決めていった。

「秘書さんは休憩していて。一時間を目処に報告するから」

学生たちは一斉に食堂から出ていった。

あとには、最初に真野に声を掛けた三人組が残された。

「ぼくらも秘書さんに協力しようよ」

と、三人組は食堂にいたロック研究会のメンバーと合流した。

徐々に混雑しつつあった第四食堂で真野はカツカレーを注文した。

報告

学生たちの調査によると、例の男に怪しいバイトの勧誘を受けたものは殺された坂本以外には見つからなかった。大学でその男を見かけた学生はいたが、男がひとりでいたときと、長髪の学生、多分、坂本だと思われる——と一緒にいたときだけだった。

さらに調査をすれば、男に勧誘された学生が見つかるかもしれない。その可能性は全学生から聞き取りをしない限り残される。しかし、現時点では例の男は坂本ひとりに狙いをつけていたと言わざるえない。

その答えを一時保留して、真野はロック研究会の学生から教えてもらって、坂本のアパートを訪ねた。坂本の部屋がある一角には黄色と黒のテープの規制線が張られていて、関係者以外は入れなかった。しかし、真野の調査には支障はなかった。

坂本のWEB日記では、坂本を死のアルバイトに誘った男は「事前にアタッシュケースをアパートの宅配ボックスに届ける」と説明していた。すなわち、宅配ボックスの有無を確認することなく、宅配ボックスはあるものだと決めつけて男は話を進めたのだ。もしかしたら、その地域では宅配ボックスがアパートにあることは常識なのかもしれない。そのことを真野は確認したかったのだ。

周辺には学生向けらしきアパートが立ち並んでいた。それをざっと見て回ったところ、三割弱のアパートは宅配ボックスを設置していなかった。もし、その三割弱のアパートで坂本が暮らしていたら、男はどうしたのだろうか。なにより、坂本が自宅から大学に通っていたら、男の対応はどうなっていたのだろうか。自宅から通っていたら、怪しいアタッシュケースを家族に見られることもあっただろう。厳格な両親なら、新幹線で往復するだけで五万円も貰えるアルバイトを不審に思い、やめさせたか、あるいは、警察に相談したかもしれない。

しかし、日記には、男が坂本の住まいを確認したという記述はなかった。ただ単に坂本が日記に書いていなかっただけかもしれないが、そうでない可能性が高いように真野には思えた。そして、それが事実なら、ひとつの仮定が成り立つ。

真野は結論を出す前に、調査の二日目は一日かけて近隣の大学をまわり、例の男が怪しいアルバイトを斡旋したことがなかったか、学生たちに訊いた。その結果を一日目の聞き込みの成果とともに、夕方、今の雇用主である玉川に報告するために議員会館に出向いた。

「まず、坂本麗介は真面目な学生ではなかったと推測されます」

事務所を入ってすぐの秘書室ではなく、議員執務室のソファで真野は玉川と向き合っていた。壁には、首相との写真とともに、中国の指導者と握手している写真も飾られていた。

「質が低い学生しか見つからなかったのだろうな」

玉川がポマードで固めた髪を左手でさすった。右手に持ったけん玉は、玉を大皿と中皿の間で往復させている。

「そうではないと思います」

一日目の結果とともに、二日目の近隣の大学での調査で不審な男を目撃した学生を見つけられなかったことを報告した。

「推測ではありますが、男は事前に調査して、この仕事に適した人物を探した。そして、それが坂本だったとわたしは愚考します」

「彼のどのようなところが適任だったのだ？」

「彼なら非合法なことに手を染めた挙げ句に殺されても、周囲からは仕方がないと思われてしまう、というところだとわたしは推測します。すなわち、彼は殺されるために、あるいは、殺されることを前提に選ばれたのかもしれません――一回目の大阪行きの前日、監視されているかもと彼は日記に記していますが、それよりもっと以前に彼は監視対象になっていたのではないでしょうか」

「なるほど。面白い考察だな……」玉川は顎をさすった。「では、明日からの大阪での調査も奮闘してくれ」

「期待に沿えるよう頑張ります」

真野は深く頭を下げた。

玉川のもとで秘書の仕事をするのもひとつの選択肢かもしれない。そう思ったとき、脳裏に荒岩の顔が浮かんだ。『国会のトマホーク』と呼ばれていた男は表情なく真野を見つめていた。

大阪

翌朝、真野は都営地下鉄の泉岳寺《せんがくじ》駅近くで寄り道してから品川駅に行き、新幹線を待っていた。

殺害された学生、坂本は週に一度、大阪に行っていた。彼の大阪での足跡を調査して玉川との仕事を終えたあと、真野は岡山のアパートの引っ越しと、恩があるひとたちへの挨拶まわりをする予定だった。

また、荒岩の娘、瑞紀《みずき》から、「次に帰るときは、泉岳寺にある洋菓子店でクッキーを買ってきて」と店の地図を渡されていた。父親を亡くした悲しみから少しでも早く立ち直れるよう、真野は瑞紀のリクエストを忠実に実行したのだ。

ただし、これからは、岡山に『帰る』ではなく、『行く』になるのだと、瑞紀にクッキーを渡す際に釘《くぎ》を刺しておこうと真野は心のなかにメモしていた。もしかして、これで瑞紀に会うのは最後になるかもと思いつつ……。

玉川の秘書が手配してくれたグリーン車のチケットを確認していると、新幹線が二四番線に入ってきた。停車すると、真野の正面に喫煙ルームが見えた。

あそこで荒岩が亡くなったのか。

心のなかで手を合わせながら、真野は乗車した。

新幹線を途中下車した大阪ではこれといった成果は得られなかった。

坂本が取り引き相手と待ち合わせた『トラベルサービスセンター新大阪』に行って、一時間ほど道行くひとに訊いてみたが、坂本を見たことがあると答えたひとは皆無だった。

坂本たちは、二回目に会ったときからは無線機で連絡し合って、その場で待ち合わせ場所を決めていた。そのため、坂本が遺《のこ》したWEB日記からはこれ以上、彼らの足取りを摑むことはできなかった。その上、相手の提案により、すれ違いざまにアタッシュケースの受け渡しを終えるよう、自分たちで訓練をしていた。もし、警察が新大阪駅に設置されている防犯カメラを片っ端から調べても、坂本からアタッシュケースを受け取っていた相手を特定できないだろう。なにより、新大阪駅から離れて、ほかの駅か、ランドマークで受け渡しをしていた可能性も否定できない。

それでも、夕方まで、真野は新大阪駅と周辺をうろつき、坂本を目撃したひとを探した。

収穫がないまま、真野は玉川に指示されていた警察署に向かい、指示された人物に会い、指示された通りに質問した。署でデータを精査したのち、直接、玉川に返答するとの回答を得て、真野は大阪での調査の結果を玉川に電話で報告した。

玉川のプライベートなメールアドレスも教えてもらっていたが、あえて、電話を選択した。手紙やメールよりも電話、一番いいのは会って直接、話す、が荒岩の教えだったのだ。

「素晴らしい調査結果だ」電話の背後でけん玉をしているような音がしていた。「短い間だったが、きみの有能さがいたるところに垣間見《かいまみ》られた。きみのお陰で、来週の予算委員会では有意義な質疑ができるだろう。感謝している」

玉川の口調には謝意の響きはなかった。

「わたしこそ、感謝申し上げます」真野は玉川には見えないのに頭を下げた。「結局、さほど経費はかかりませんでした。調査費のほうですが、多少はお返ししたほうがよろしいでしょうか？」

「最初に決めた通りだ。残った金は自由にしたまえ」

まるで真野との縁を切るかのように、電話は一方的に切られた。

「まあ、これで少しの間は生活ができる。その間に就職先を探せばいいか……」

当初の予定通り、真野は岡山に向かった。

新幹線を降りると、真野はいつもの場所に向かった。荒岩とともに岡山に帰ったときは、そこに迎えの車が待っていたのだ。

政治家の車といえば、黒い高級車というイメージがある。実際、議員会館の駐車場には、黒い車が所狭しと停まっている。

しかし、荒岩の車は、中古の白のトヨタ・ヴィッツだった。経費の問題もあったが、庶民派のイメージを大切にするためでもある。ただし、こだわりもあった。サイドミラーを党のイメージカラーの緑色に変えて、駐車場などですぐに見つけられるようにしていたのだ。コンパクトカーなので車内は狭いと思われるが、助手席の位置を一番前にすれば、荒岩が座る左の後部座席は、案外、広々としていた。ただし、真野が陣取る助手席は、この上なく窮屈であった。

いつもの場所で、いつもの車がハザードを灯《とも》していた。

いつもの通り、真野は人心地がついた。

「悪いな。迎えに来てもらって」

「どういたしまして」

助手席に座ろうとした真野の体が一時停止した。

大阪を出るとき、樽見に迎えを依頼したのに、運転席からは女性の突《つ》っ慳貪《けんどん》な声がした。

「どうして……」

「この車、わたしがもらい受けると決めたの」

運転席には荒岩の娘、瑞紀のシルエットが浮かんでいた。

「いや、そうではなく、大丈夫なのですか?」年齢は真野のほうが四つ上だが、議員の娘ということもあって、言葉遣いには気を遣っている。「まだ、休んでいたほうがいいのでは?」

父親の死が突然に訪れたためなのか、告別式のあと、瑞紀は体調を崩していた。それもあって、真野は東京を出るとき、瑞紀が食べたがっていたクッキーを買うために遠回りして泉岳寺の洋菓子店に立ち寄ったのだ。

「お父さんの元秘書が与党の議員の仕事を請け負ったものの、ヘマをして、お父さんの顔に泥を塗ったんじゃないかと、気が気でなかったから、駅まで来たのよ」

「なぜ、知ってるのですか？」

「もちろん、ぼくが教えたからだよ」

後部座席から樽見の声が飛んできた。荒岩を乗せていたときのように、助手席の位置が一番前になっていたのは、そのせいなのかと、真野はすぐに把握した。

「お前なあ……」真野は声を潜めた。「瑞紀さんの体調が良くなったら、話すと――」

「仕事に復帰できるくらいにはなったから」

瑞紀が遮った。肩書き上では、瑞紀は荒岩光輝後援会の副事務局長ではあるが、亡くなった母親の跡を継いで、地元事務所を仕切っていた。

「そんなことより、まずは、車に乗って」

と瑞紀に命じられ、真野はドアを閉めた。

「これ、頼まれていたもの」

東京で買ったクッキーの紙袋を掲げた。

「ありがたくもらっておくわ」素っ気なく応えた瑞紀は車を出した。

「で、与党の議員がなぜ、お父さんの事件を調べているの？」

「予算委員会の質疑のため」

「それじゃあ、わからないわ――わたし、ちょうど、ご飯がまだだから、食事をしながら詳しく聞かせてもらうわ」

「それが目的？」

真野の口からため息が漏れた。

「臨時ボーナスが入ったんでしょ。けちけちしないでよね。こんなだから、女のひとにもてないのよ」

機嫌が斜めのまま、瑞紀は車を左折させた。

女にもてないとか、大きなお世話だよ——まあ、これで父親の死のショックから少しでも早く立ち直ってくれたら安いものか。

先を行く車のテールランプを真野はぼんやりと見ていた。

後継者

衣服と寝具しかなかったので、真野のアパートの引き払いの準備は滞りなく進んだ。

しかし、後援会の主立ったひとへの挨拶は予定通りには進まなかった。挨拶に行った先々で話し込むことになったのもあるが、あそこに行ったのなら、少し足を延ばして、あのひとにも、と最後に会っておきたいひとが増えていったのだ。

そのため、予定を二日も延ばし、月曜日まで真野は後援会の挨拶まわりを続けた。

火曜日、アパートを引き払う手続きを終えると、真野は荒岩の事務所に顔を出した。

「まのっち、手伝いにきてくれたんだね。さすが、頼りになる男」

樽見がパソコンの画面から頭を上げた。

「残念でした。国会中継を見るために来ただけだから。おれに収支報告書の作業なんてできないよ」

荒岩光輝の死去に伴い、後援会と党の総支部は解散となり、役所に解散届を提出する必要があった。それに付随して、後援会と党の総支部の収支報告書を作成しなければならなかった。

通常では、収支報告は一二月に締めて五月末日までに書類を提出するのだが、解散した場合は、解散の六〇日以内に報告書を提出しなければならないと法令で定められている。

経理の担当者も、ほかの秘書同様、次の職探しに忙しいので、瑞紀は、数字に強くコンピュータにも詳しいアルバイトの樽見を駆りだしていた。まだ、期限には余裕はあるが、新しい生活を早くスタートさせたいとの思いが瑞紀にはあったので、作業は急ピッチで進んでいた。

真野が秘書見習いから正式な秘書へと格上げになったころ、経理の担当者に選挙管理委員会へ連れて行かれ、収支報告書の修正作業に立ち会わされたことがあったが、真野にはちんぷんかんぷんだった。そのため、収支報告書の作成は、瑞紀と樽見に任せていた。

真野は壁際にあるテレビをつけると、六つあるデスクのうち、空いているところに陣取った。

「あ、そうか。予算委員会って、今日だっけ」

「十一時から玉川代議士が質問に立つ」

真野は腕時計を見ながら、リモコンでチャンネルを合わせた。すでに中継は始まってい
て、与党の議員が野党の政策提言を批判していた。

「そこで、まのっちの調査内容がお披露目されるのか。なにか新事実はあるの？」

樽見がパソコンを操作しながら訊いてきた。

「昨日、話したことだけだと思う」

「それだけでも話題になるよ」

「世間的には、そうなるかもしれないけど、捜査への影響はないよ。おれが調べられたこ
とは、すでに警察も把握しているはずだ」

「そうかな……」

同僚の仕事が評価されないとの予想に樽見は口をすぼめ、不満げな表情を見せた。

「というか、テレビなんて、うちで見なさいよ。自分のことがテレビに出て、自慢したい
だけでしょ」

パソコンの画面から頭を上げることなく、瑞紀は不満を露《あら》わにした。

「アパートはさっき、引き払ったし、なにより、テレビなんてアパートにありませんでし
たから。夜、寝るだけの部屋だったということ、瑞紀さんも知ってるでしょ」

「あんたの部屋なんて興味ないから――じゃあ、ネットで見なさいよ」

昔はＮＨＫでしか国会中継を見られなかった。それも、一部の本会議と委員会だけだった。しかし、今では、ほぼすべての本会議、委員会をインターネットで見ることができる。

「大きな画面で見たいから」

「注文が多いわね――そんなことよりも、少しは手伝おうと思わないの？」

頭を上げた瑞紀の視線には棘が見え隠れしていた。

「いや、経理はわかりませんから」

「領収書の確認くらいできるでしょ」

瑞紀が感情なく言った。

「いや、それこそ難しいよ」

両手を振って、真野は拒絶した。

普通であれば、簡単な作業ではある。しかし、荒岩の後援会では、困難な作業になってしまう。

荒岩はメモ書きするとき、カタカナとローマ字しか使わない。そのほうが速いから、というのが本人の弁であるが、メモを受け取った側からすれば、漢字も、ひらがなも使って欲しいと言うしかなくなる。たとえば、ザッシ、シンブン、シューカンシ、タバコと荒岩が書いたメモはカタカナのオンパレードである。単語だけであれば、簡単ではあるが、言葉が長くなれば、解読の難易度は急上昇する。

かつて、荒岩の机の上に『ローカノマット』とメモに書かれていたことがあった。秘書たちが解読に挑戦して、五分以上、費やして、やっと『廊下のマット』だとわかったことがあった。

そして、荒岩が貰った領収書に、なにを買ったのか、その場で本人がメモをしたとなれば、乱筆も重なって、解読の難易度がさらに上がるのだ。

「じゃあ、なにだったらできるの？」

「というか、本当にこの作業を進めてもいいのですか？」

真野は反撃を試みた。

「進めなきゃ、終わらないでしょ」

言いたいことを察知したのか、瑞紀は真野にそっぽを向いて作業に戻ろうとした。

「終わったら、もう、戻れないんですよ。荒岩光輝の後継者に名乗りを上げられるのは、今だけです」

「それ、は、告別式のあとで、みんなに話したでしょ――わたしなんかじゃ、有権者どころか、秘書のみんなもついてこないわ」

「でも、瑞紀さんが高校生のとき、友達に言っていたのを聞いたことがあります。お父さんを尊敬している。だから、将来はお父さんの秘書になって、お父さんの仕事を支えたい。そして、ゆくゆくは、お父さんを継いで国会議員になりたいって」

「そんな妄言、さっさと忘れなさい。あれは若さゆえの失言」

瑞紀が眉を吊《つ》り上《あ》げて睨《にら》みつけている。

「ふたりとも、落ち着こうよ……」

樽見はあたふたするだけで、ふたりを止められるような強い語気を発せられないでいた。

「お父さんの遺志を継ぎたいなら、あんたが立候補すればいいじゃない」

「わたしなんて……お金もないし、だいたい、高卒だから」

「二言目には高卒って卑下《ひげ》するの、やめなさい。わたしも、あんたも、樽見くんも、みんな、仕事をしているとき、学歴なんて気にしていない。有権者に誠実に対応しているか、それだけが荒岩光輝後援会の秘書が気にしていたこと。そして、あんたがだれよりも有権者と誠実に向き合っていた。あんたこそ、お父さんの後継者に相応《ふさわ》しいのよ」

「もし、一番、誠実だったとしても無理ですよ。わたしはよそ者。地盤がありません」

真野と瑞紀の視線が絡まり、ふたりの争いが膠着《こうちゃく》状態に陥った。

「あ、質疑が始まるよ」

樽見のつぶやきが戦いの終了のゴングとなった。

国会中継の質疑者が玉川に代わったのだ。

予算委員会

「質疑に先立ち、一言《いちごん》、挨拶を申し上げたいと存じます」相変わらず、玉川の頭髪はポマードで固められていた。「先日、亡くなられた荒岩光輝君に哀悼の意を表しますとともに、ご遺族にお悔やみ申し上げます」

「そんなこと、爪の先ほども思ってないくせに」

　作業に戻った瑞紀がテレビの画面を見ることなく鼻を鳴らした。

「それでは質疑に移らせていただきます」

　玉川はパネルを用いて、政府の少子化対策の案が、いかに優れているかを説き始めた。

「ほら、もう、哀悼の意なんて微塵《みじん》もなくなっているじゃない」

　瑞紀は伝票をめくる手を止めないで愚痴ったが、当然ながら玉川の耳に入ることはなく、テレビ画面のなかでは玉川の演説が延々と続いた。

「もしかして、まのっちの調査のこと、取り上げるのを止《や》めたのかも？」

「いや、まだ時間はあるから」

　樽見の問いかけに不安になった真野は腕時計を見た。一一時二〇分を針は指している。玉川の質疑時間は、インターネットの情報では午前一一時から正午までとなっている。

「じゃあ、まのっちの調査が話題になったら教えて」

　と頼んで、樽見はイヤホンを着けた。樽見が作業に集中し始めるときの合図だ。なにを聴いているかは本人は秘密にしているが、一度、樽見に内緒で聴いた瑞紀によると、子供のころに流行ったアニメの主題歌だったそうだ。

　真野だけがテレビを見つめる時間が続いた。玉川がしきりと腕時計で時間を気にし始めた。さらに、数分が経過して、玉川が話題を変えた。

「冒頭に触れた荒岩君の死について質問させてください」

真野は樽見の肩を軽く叩《たた》くと、イヤホンを外せ、とジェスチャーで指示した。

「うん？　どうした？　始まったの？」

樽見はテレビの方向に椅子ごと体を向けた。

「わたしはこの事件の被害者、学生の死について、マスコミ等で伝えられている話に違和感を持ちました。そこで、トクメイの秘書に調査をさせました」

「トクメイだって」

瑞紀が鼻で笑った。匿名なのか、特命なのか、玉川が言おうとしたことはわからなかった。しかし、どちらだったとしても、真野としては苦笑いするしかなかった。

玉川は東京での真野の調査結果をかいつまんで説明した。

「これらのことから、彼なら非合法なことに手を染めた挙げ句、殺されてしまっても、周囲からは、仕方がないと思われてしまう、そんな人物だから彼は選ばれたと、わたしは推測します。すなわち、彼は殺されるために、あるいは、殺されることを前提に選ばれたのかもしれません」

「この台詞《せりふ》、おれの丸パクリじゃないか……」

真野がぼやいた。

「まあ、トクメイの秘書だから、泣き寝入りするしかないね」

樽見が真野の肩に手を添えてきた。

「彼は日記で、監視されているかもと不安になっていましたが、リクルートされる以前から彼は監視されて、この仕事に適任かを調べられていたのかもしれません――さて、ここで国家公安委員会委員長に質問します」

警察組織を管理する国家公安委員会委員長を指名した玉川はひと呼吸置いた。

「もしかして、新事実が出てくる？」

樽見の問いに、わからない、とだけ答え、真野はテレビの画面を注視した。

「マスコミの報道によると、死亡した学生は覚醒剤などの違法薬物を運ばされていたとの推測がなされています。しかし、本当にそうなのでしょうか――彼が東京と大阪を行き来するようになってから、そして、死亡してから、違法薬物の大阪での取り引きになにか変化があったのか、なかったのか、国家公安委員長、お答えください」

質疑者である玉川と対峙《たいじ》する形で答弁者席に座っている大臣たちのなかから国家公安委員会委員長が立ち上がり、答弁台に向かった。

真野の頭の上にはクエスチョンマークが点滅していた。大阪の調査の最後に真野は玉川の指示で地元の警察署に赴き、同様のことを問い合わせた。そして、具体的なデータをもとに月曜日に玉川に回答してもらうことになったのだ。

大阪からは満足できる回答がなかったのだろうか。いや、もしかしたら、自分が知っていることを閣僚や役人に答弁させて、それが事実だということを広く認識させようとしているのだろうか。

真野は国家公安委員会委員長の答弁を待った。

「ご質問の件でございますが、捜査上の機密もあり、個別、具体的な答弁は差し控えさせていただきます。しかしながら、全国的に見て、覚醒剤等の摘発事例において、件数、規模など、大きな変化はございません」

「ありがとうございました——一週間に一度、新幹線、それもグリーン席を使って東京から大阪へと違法薬物を運んでいたのなら、毎週、学生の報酬を含め、ほぼ一〇万円の経費がかかっていることになります。もし、それが真実であれば、彼に仕事を依頼した者には、経費の一〇倍、いや、数十倍の利益があったのではないでしょうか。それが覚醒剤だったら、その末端価格は莫大な金額になったのではないでしょうか。そして、彼らの行動で、市場には少なくない変化があったはずです。しかし、国家公安委員長の答弁では、市場には著しい変化は見られなかったとのことでした」

「ちょっと待って……」

真野と樽見、瑞紀の呟きが重なった。そうなれば、学生の坂本麗介のトラブルに荒岩が巻き込まれたという事件の構図が成立しなくなるかもしれないと、一瞬で三人は考えたのだろう。

「ですから、みなさんもお気づきでしょう」待って、との三人のリクエストに応えることなく、玉川は言葉を継いだ。

「マスコミがしきりに言っている薬物の取り引き、そのようなものは、なかったとするのが妥当だと、わたしは考えます。そうなると、この学生に依頼した者の狙いはなんだったのか。もしかしたら、この学生の暗殺だったのかもしれません。しかし、それなら、もっと簡単な方法があったように思います。ですから、犯人の狙いは、最初から荒岩君だったのではないか、との疑念をわたしは払拭しきれません――リクルート役の男が学生に日記を書くように勧めたのは、犯人と学生との間にトラブルがあったと、あとから日記を読んだわたしたちに思い込ませるためだったのではないでしょうか」

「本当にそうなら、後継者の話も変わってくるよね」

樽見が真野に同意を求めた。

「ああ。これなら、本当の弔《とむら》い合戦になる。負けることはない――瑞紀さん、考え直すときが来ましたよ」

議員会館の片付けのとき、訪ねてきたロシア人には、荒岩が狙われたということはないと真野は感情的に返答した。しかし、それは真野の本心ではなかったのかもしれない。犯人の狙いは荒岩であり、心の底では、荒岩の後継者として瑞紀の擁立《ようりつ》を願っている自分に気づき、真野は昂奮《こうふん》を隠しきれないでいた。

「お父さんがあの新幹線に乗ることを決めたのはいつ？」

「事件の前日だったと思います。幹事長との打ち合わせが、急遽《きゅうきょ》、決まったので」

「それを知っていたのは、だれ？　秘書たちだけでしょ？　殺された学生も、犯人も、知らなかったはず。だから、お父さんが狙われたってことはないわ」

「では、どうやって、犯人は荒岩君が乗る新幹線を知ったのでしょうか――知る必要はなかったのです」

真野の反論をテレビのなかの玉川が引き継いだ。

「ですが……」

と説明を続けた。

荒岩は国会閉会中でも党の政策審議会会長の職務があるので、毎週、上京していて、金曜日に選挙区の岡山に帰っていると捜査関係者から聞いた、と玉川は明かした。

もし、荒岩を殺したいと切望していた者がいて、荒岩を亡き者にできる機会をずっと狙っていたのなら、ターゲットの素行を調査するのは至極当然のことであり、毎週、金曜日の荒岩の行動を把握していたと考えるのが合理的であろう。

そして、岡山に帰る下りの新幹線に乗ったとき、荒岩は、毎回、品川駅付近で煙草を吸いに喫煙ルームに行くことも、玉川は捜査関係者から教えてもらっていた。犯人が荒岩の行動を監視していたのなら、この習慣を知っていても不思議ではない。

あとは、毎週、金曜日に決まった便の新幹線で学生を大阪に行かせるだけでいい。そうすれば、遠くない将来、必ず荒岩は同じ便に乗ってくる。そのときが実行のチャンスだ。

さらに言えば、国会開会中、荒岩は金曜日に岡山に帰る際に、広島選出の後輩議員と同じ新幹線で移動することが多く、そのときは主に、事件があった広島行きののぞみ七九号を利用している。この便で待っていれば、必ず犯行の機会は巡ってきたはずだと、玉川は推測を追加した。

「以上のことから、非合法な薬物の取り引きに起因する学生の事件に荒岩君が巻き込まれたのではなく、犯人の目的は荒岩君の殺害であったと愚考するにわたしはいたりました」

「だれがそんなことを……だれがお父さんを……」

瑞紀の声が言葉にならないまま落ちていった。

「荒岩さんの餌食《えじき》になって不祥事を暴露された挙げ句、国会議員を辞めていったヤツ、次の選挙で負けて政界を引退していったヤツ、荒岩さんを憎んでいた輩《やから》はわんさかいるから、特定は無理じゃね？」

樽見が腕を組んで首を傾げた。

「だが、それは彼らの身から出た錆《さび》だ」真野の拳《こぶし》が机を叩いた。「そもそも、不正なことをしていなかったら、荒岩さんに国会で追及されることもなかったはずだ」

真野の言葉が終わるのを待つことなく、テレビのなかの玉川は言葉を継いだ。

「それでは、だれが荒岩君を殺《あや》めたのか」

「だから、お前の同僚、いや、元同僚、与党の元国会議員のだれかだろ」

樽見がテレビのなかの玉川をなじった。

「われわれ与党の議員、あるいは元議員のなかには、自分のスキャンダルをすっぱ抜いた荒岩君を恨んでいたものは、多数、いたでしょう。しかし、ほかに容疑者はいないのでしょうか？——さて、話は変わりますが、二〇〇八年、当時の総理が外国人から献金を受けているのではないかと、この予算委員会で質疑した新人議員がいました」

「犯人の話はどこへいった？　誤魔化すつもり？」

樽見がテレビのなかの玉川を問い詰めた。

「というか、これ、荒岩さんのことだろ？　なんで、今さら？」

真野は顎に手を添えた。

「彼は幾度も大臣や与党議員の不正を暴露し、『国会のトマホーク』と呼ばれるようになりました。その議員、荒岩君はどのようにして情報を収集していたのでしょうか？」

「それは、おれも疑問に思っていた」

「え？　まのっちも知らないの？　嘘でしょ？」

樽見が目を丸くした。

「四六時中、荒岩さんと行動を共にしていたが、与党の連中の悪さを曝く打ち合わせなんて、一回もしたことがない。与党議員の不正の調査をしていた秘書もいなかった」

「じゃあ、荒岩さん本人だけで？」

樽見の問いに真野は答えられず、首を傾げるだけだった。

「総理の外国人献金の問題では――」テレビでは玉川の話に委員室のだれもが耳を傾けていた。「総理と金庫番の秘書、ふたりしか知らなかったのに、どこで漏れたのか、と秘書が疑問を抱いてたそうです。また、東京地検の特捜部が内偵していたにもかかわらず、大臣の汚職の証拠を見つけられなかったのに、荒岩君がこの予算委員会の場で、裏付けを示した上でその大臣を辞職に追い込んだこともありました——これほどの調査が個人で可能なのでしょうか？　わたしはノーだと考えます。このような調査、いや、捜査ができるのは、海外の諜報《ちょうほう》機関だけではないでしょうか。彼の『国会のトマホーク』が炸裂《さくれつ》するたびに、政権が弱体化、あるいは崩壊していきました。彼の背後で外国勢力がうごめいていたとするのは、うがった見方でしょうか？」

でたらめだ、無責任なことを言うな、と野党席から不規則発言が相次いだ。テレビの前の真野、樽見、瑞紀の三人も彼らに倣《なら》った。

委員長が「お静かに」と野党議員をなだめているなか、玉川が涼しい顔で見解を述べ続けた。

「さらに言えば、彼が予算委員会で質疑したとき、実に九〇パーセント以上の割合でロシアの通信社が記事にしていました。また、彼は、二〇〇七年、野党の複数の議員とともにロシア政府の招きでモスクワを訪問しています。その際、ロシアの諜報機関によるハニートラップ、色仕掛けの誘惑を受けていないと、だれが言い切れるでしょうか？　彼がロシアのスパイでなかったと、否定しきれるのでしょうか？」

再度、野党議員の席が騒がしくなった。

「憶測だ。それに、荒岩さんが殺されたことに、なんら関係ないじゃないか」

真野が吠《ほ》えた。

「さて、本院は昨年の三月に『ロシアによるウクライナ侵略を非難する決議案』を可決しましたが、一部の議員による根強い反対があったように聞き及んでいます。しかしながら、荒岩君はこの決議案に賛成していて、マスコミ等でも賛意を示していました。それを聞きつけたロシアの諜報機関が、裏切りだとして荒岩君を断罪し、処刑したのがこの事件の真相ではないでしょうか？」

議場が騒然とするなか、玉川が何かを話そうとした。そのとき、ＮＨＫのアナウンサーが「これで国会中継を終わります」と落ち着いた口調で告げ、テレビ画面は天気予報に切り替わった。

第二章

クレーム

「こんなの大嘘だ。訴えてやる」

三人を代表するかのように樽見が叫んだ。

しかし、事務所の電話が鳴ったので、一瞬で樽見は怒りの鉾《ほこ》を収めた。

「衆議院議員、荒岩光輝事務所でございます――いえ、あの――ぼく、アルバイトなもので詳しいことは――」

手に負えないと思ったのか、樽見は渋い顔を作って受話器を指さしながら真野に視線を送ってきた。わかった、と合図を送る前に別の電話がなったので、真野は、待て、の身振りをしてから、その電話を取った。

「衆議院議員――」

真野の言葉を遮って、「売国奴、死んでよかったな」と男の声で言い捨てたきり、電話は途切れた。

「なんだよ……」

ぼやいている間に、事務所中の電話が鳴り始めた。受話器を握ったままだった真野は反射的に電話を繋《つな》いだ。

「見損なったわ」

真野に返答させることもなく電話は切れた。どうなっているんだ、とこぼしながら真野は受話器を戻した。

「待って。電話は取らないで」瑞紀が金切り声を上げた。「今、話している電話はすぐに切って」

真野は受話器を取ろうした手を止めた。樽見は戸惑いながらも手にしていた受話器を戻した。電話の呼び出し音がせわしなく鳴り続ける。瑞紀は、デスクを回り、次々と電話機に繋がっているケーブルを抜いていった。そのたびに、電話機の合唱はおとなしくなり、最後には沈黙した。

「有権者の声を聞くという荒岩さんの言葉を無視していますよ」

闇夜に電気のスイッチを探すかのように恐る恐る真野は瑞紀に具申した。

「ただの悪口を聞く耳なんて、わたしは持っていないわ」

瑞紀は腕を組んだ。

「でも……」

「もう、荒岩光輝は死んだの――それに、わたしがお父さんを継ぐってことは、玉川のせいで、完全になくなったわ。玉川の調査の手伝いをした、あんたのおかげでもあるわね。ありがとう」

最後の単語には抑揚がなかった。

「そんな言い方をしなくても……」

「お父さんがロシアのスパイだったというのも、間違っていないのかもね」

頬に一筋の雫《しずく》を流し、瑞紀は机に伏せた。玉川に好きなように言われた悔しさなのか、それとも、父親に裏切られたことへの憤りなのか、真野は瑞紀の涙の理由を測りかねていた。

「ふざけんな」

いつの間《ま》にかパソコンでの作業に戻っていた樽見が突然、怒りを噴火させた。

「有権者の電話に腹を立てても――」

「そんなことじゃない」

真野は樽見の憤懣《ふんまん》を鎮めようとしたが、樽見はさらに語気を強めた。

「荒岩さんのことは、ただの憶測で――」

「違うの。ぼくが言いたいのは、玉川が大嘘をついていることだよ」

「憶測ではあるが、議員の国会での発言は責任を問われないからなぁ」

「でも、データがあれば、話は違ってくるよね」

「データがあるのか？」

真野は怪訝な目で樽見を見やった。

「ロシアの通信社のことを玉川が指摘していただろ。たしかに荒岩さんの国会質問は九〇パーセント以上、ロシアで記事になっている」

「もしかして、今、インターネットで調べたのか？」

「当然」

樽見の大きな顔がさらに大きくなったように真野には思えた。

「そのスキル、ここでは宝の持ち腐れだよな」

「大きなお世話だよ。大学が手放さないのが、いけないの」

「お前が所定の単位を取ったら、すぐに手放してくれるさ――で、お前のことだから、さらに、なにかを調べたんだろ？」

「ああ。ほかの主立った議員の国会質問をロシアの通信社が取り上げた数とその割合」

「その結果は？」

と訊いたものの、樽見の口振りからして予想はついていた。

「ほとんどの議員が八五から九〇パーセント、なかには九五パーセント以上という与党の議員がいたよ」

その議員は、野党から与党に鞍替えしていて、野党時代、荒岩たちとともにモスクワを訪問していたことも、樽見は調べ上げていた。

「たしか、その議員、ウクライナとロシアの紛争でも、ロシアを擁護する発言を繰り返していたよな」

「そうそう。そいつこそがスパイだよ——で、まのっち、この落とし前、どうつけるの？」

「え？　おれが？」

「ほかにだれがいるの？」

樽見は机に伏せたままの瑞紀のほうを小さく指さした。現在、この事務所でもっとも高い役職に就いている副事務局長の瑞紀が玉川に訂正を求めるのが筋ではあるが、この状態では無理だろうと言いたいのだろう。

「わかったよ。でも、メールにしよう。プライベートのメールのアドレス、調査のとき、教えてもらっているから」

「いやいや、電話でガツンと言うべきだよ」

「でも、本人は忙しいから」

樽見が反論しようとしたが、それを無視して、真野は電子メールの文面を考え始めた。

残務処理

ひと目があるところに瑞紀は行きたくないだろうと思い、昼食はデリバリーのピザを頼んだ。事務所の雰囲気を悪くしたのは玉川の調査に荷担した真野だと断罪した樽見は、

『みんなの昼食を奢《おご》れ』の刑の執行を求め、真野の財布を取り上げた。

ピザが届くまでの間、真野はインターネットで玉川の国会質問の動画を再生していた。玉川の言葉を咀嚼《そしゃく》するためではなかった。

NHKは昼の一一時五五分になれば、議論が白熱していても、国会中継を中断して天気予報、そして、一二時のニュースを放送する。そのため、一一時五五分からの議論はNHKでは中継されないし、以前は、有権者はこの空白の時間の議論を知ることができなかった。しかし、今はインターネットの中継でリアルタイムで見られる上に、プレイバックもできる。真野は、NHKの空白の時間に玉川がどんな発言をしていたのか、気になったのだ。パソコンのブラウザのシークポイントを操作して、NHKの中継が終了したところを探した。

「――それを聞きつけたロシアの諜報機関が、裏切りだとして荒岩君を断罪し、処刑したのがこの事件の真相ではないでしょうか？」

問題のところだった。パソコンの画面のなかの玉川は、ひと呼吸入れ、腕時計を見た。玉川は質疑中もしきりに時計を気にしていた。NHKの中継が終わるタイミングを見計っていたに違いない。舌打ちした真野は質疑の続きに耳を傾けた。

「――といったような憶測をもとにした報道があるやもしれませんので、関係機関におかれましては細心の注意を払っていただきたく存じます――そろそろ時間になりますので、わたくしの質疑はこれで終わりたいと思います。ありがとうございました」

間髪《かんはつ》を容《い》れず、議事進行役の予算委員長が休憩を宣言した。

汚いやり方をするじゃないか。

真野はデスクを拳で殴った。隣でパソコンに伝票の数字を入力していた樽見がびくりとして、真野を見た。

「どうしたんだよ、まのっち」

「玉川にまんまとやられた」

真野はかいつまんで説明した。

玉川はNHKで中継されている間は、死んだ荒岩はロシアのスパイだったのではないかと、疑問を呈していた。これにより、荒岩はスパイで悪人だったとのイメージを視聴者は植え付けられる。しかし、NHKの中継が終わった途端、掌《てのひら》をひっくり返して、憶測の報道は慎むよう警鐘を鳴らしている。

「自分が言いたかったのは最後の台詞であって、それを聞かずに早合点した者がいたとしても関知しない、と暗に言っているんだ」

「ということは抗議をしても無駄？」

「ダメ元でメールを送ってみるよ。黙っているのも癪《しゃく》に障るからな。ただ、荒岩さんがロシアのスパイだと視聴者が勘違いしたという事実は元には戻りそうにないけどな」

届いたデリバリーのピザをつまみながら、真野はメールの草稿をしたため、事務所の責任者である瑞紀に文面の確認を求めた。

「ほかの議員の国会質問もロシアの通信社に取り上げられていること、野党のモスクワ訪問には、今、与党に鞍替えした議員も参加していた、このふたつの訂正を求めるというのがメインか……少し、弱い気もするけど、玉川は憶測が独り歩きするのを避けたかったと言い張るだろうから、この内容で妥協するしかないわね」

「では、これでメールを送信しておきます」

「ちょっと待って」

「なにか、問題でも？」

「たいしたことではないわ。メールは副事務局長の荒岩瑞紀の名前で送っておいて――秘書よりも副事務局長のほうが少しは箔《はく》がつくと思うから」

はい、と応えたあと、真野は言葉を継ぐかどうか躊躇した。

「あと、なにかあるの？」

「ええと――」真野は尻込みしそうな自分を心の隅に追いやった。「瑞紀さん、今日は、もう、帰宅したほうがいいのでは？」

「どうして？」

瑞紀がきょとんとした。

「いや……その……あんな国会中継を見せられたので、心が痛んでるのでは？」

「なんで、あんたにそんなことを心配されないといけないのよ」瑞紀の頭から、左右、二本の角が伸びているように真野には見えた。「あんたこそ、さっさと帰りなさいよ。あんたの用はもう終わったんでしょ」

「まあ、そうなのですが、少し、手伝っていきます」

天《あま》の邪鬼《じゃく》なんだから。こんなときくらい、甘えろよ。

心の底で呟いた真野は自分にも出来そうな仕事はないかと樽見に訊いた。

「山ほどあるから、今日、泊まっていってよ」

「アパートは引き払ったから、泊まるとこはないよ。わざわざホテルを取るのもなあ……」

「ぼくのアパートがあるから大丈夫」

元々、樽見は岡山の実家で両親と同居していたが、四年前、兄嫁の出産を機に兄夫婦が実家に戻ったので、樽見は押し出される形でアパート住まいになっていた。

「樽見の部屋？　前に行ったとき、足の踏み場がないほど散らかっていたじゃないか。今は掃除してあるのか？」

そのまんま、と樽見は胸を張った。

「そんなところ、金を貰っても泊まりたくないよ」

「でも、夜、飲みに行くとしたら？」

荒岩の事務所の懇親会などでよく使っている居酒屋の名前を樽見が出してきた。そこの料理は、のきなみ美味《おい》しいのだが、特に、常連たちがメで頼むデミカツ丼が絶品なのだ。

デミカツ丼は岡山のB級グルメで、醬油《しょうゆ》ベースの甘辛いタレを玉子でとじるのではなく、特製のデミグラスソースがトンカツの上にのっているのだ。選挙応援に行ったときに兵庫県の加古川《かこがわ》市のかつめしを食べたが、岡山のデミカツ丼のほうがソースが濃厚だと真野は感じている。

「岡山の最後に食べたかったんだ。その話、乗った」

最終的に会計は真野にまわされると予想されたが、それでも、岡山の最後にあの味を楽しみたかった。

「じゃあ、早速、これを」樽見は領収書と伝票の束を真野の前に積み上げ、帳簿の写しをそこに載せた。

「出金伝票と領収書、それと帳簿の写し、この三つの数字、支払先、それと使途が一致しているか、確認して」

「こんなにたくさん?」

真野の眉根が歪んだ。

「働かざる者、食うべからず。デミカツ丼を食べたいのなら、さっさと仕事にかかれ」

「多分、そのデミカツ丼の支払い、おれの財布から……」

「なにか言った? 細かいことは放っておいて、さあ、作業をして」

いや、この作業こそ、細かいことじゃないかよ。

反論を自分のなかに収めて、真野は終わりが見えない作業に着手した。

二時間ほど数字の波に揉まれて、じんま疹《しん》が出るかと思えたとき、樽見が心配して声をかけてくれた。

「慣れていないから、つらいんじゃない？　気分転換にほかのことをする？」

「それは助かる。集中力が切れそうになっていたけど、これで気力が復活しそうだ」

と、真野が喜んだのは束の間のことだった。出金伝票と領収書の代わりに樽見が渡してきたのは、入金伝票と郵便局の払込取扱票の写しの束と貯金通帳、それと新たな帳簿の写しだった。

多くの政治家は寄附を受ける際、郵便局の振り込みを利用するよう、有権者に勧めている。バックマージンがあるわけではない。

銀行口座に振り込みがあった際、通常は、通帳に日付と金額、振り込んだ相手の名前だけが記載される。一方、郵便局で振り込まれたときは払込取扱票の写しが送られてきて、そこには振り込んだ相手が振り込む際に書き込んだ氏名とともに住所も複写されている。

これは政治家の経理担当者としては好ましいことである。政治資金収支報告書の寄附金の欄には寄附した者の氏名と住所、職業を記載しないとならない。また、寄附金控除を受けるための書類を発行する際も氏名や住所が必要となる。郵便局で寄附金が振り込まれると、これらの事務作業が簡素化できるのだ。

「こいつは、数字だけでなく、氏名と住所が一致しているか、確認してね」

簡単そうに言うが、このような事務作業に慣れていないから、楽ではないんだぞ。

ぼやきを心のなかにそっとしまって、真野は新たな作業にかかった。

寄附金の事務処理を初めてすることで、真野は政治家の寄附の実態を垣間見た。

ほとんどの寄附者は年度初めに一二万円を振り込んでいる。荒岩光輝後援会の会費が月額一万円で、まとめて一年分を支払うひとが多いのだ。なかには、二口、三口と、複数口の寄附をしてくれているひともいる。さらには、法律で規定されている上限額の一五〇万円を寄附してくれているひとも希《まれ》ながらいた。払込取扱票の余白に「日本の政治を良くしてください」などと書かれていることも多かった。毎月、月末に一〇〇〇円を振り込んでいる女性もいて、毎回、「少額ではございますが、政治活動に活用してください」と達筆で記されている。

思わず、真野は目頭を押さえた。

「まのっち、どうしたの？　サボりはいけないよ」

異変に気がついた樽見が声をかけてきたが、なんでもない、と応じて、真野は作業に戻った。

国会議員は国費で三人まで秘書を雇える。第一、第二、政策担当の公設秘書である。しかし、永田町の議員会館の事務所を運営するだけでも二、三人の秘書は必要であり、地元の選挙区で十人以上のスタッフを雇っている議員もいると真野は耳にしている。彼らの多くは、私設秘書であり、政党助成金や寄附金で彼らの給与は賄われている。

そして、真野も私設秘書であり、その生活も寄附してくれたひとたちの厚情により成り立っていたのだと痛感していたのだ。

作業に戻っても、歩みは遅かった。数字の一文字一文字までもが愛おしかったのだ。

一時間ほど伝票や払込取扱票をめくって、数字を確認していた真野の指が、はたと止まった。そして、すでに確認を終えていた払込取扱票を見返していった。

「おかしい……」

自分のなかの疑念が言葉となって落ちていった。

「数字ばかり見ていると、おかしくなるのも当然。ぼくなんて、何回、数字がゲシュタルト崩壊したことか」

樽見は、げっそりとした表情を作った。

「そうじゃなくて、筆跡が同じなんだよ」

「だから、数字の見過ぎ。気のせいか、まのっちの勘違い」

「漢字もだ。勘違いと思うのなら、自分の目で確かめろ」

「家族が代筆しただけかな……」

「住所も、名字も、ばらばらだ」

真野は何通かの払込取扱票の写しを樽見のデスクに叩きつけた。

「ほんとだ……」

樽見が呟いた。

それぞれ、七五万円の寄附になっているが、『7』も『5』も『0』も、同一人物が書いたように思える。さらには、三通の住所が『大阪市』となっているが、はね、はらい、などの書き方が一致していた。また、ほかの払込取扱票では、『緑ヶ丘』『希望ヶ丘』の『ヶ』と『丘』が酷似していた。

荒岩後援会で収支報告書の作成を担当していた前任者は経理の専門家だったので、数字が合っているかどうかだけを見ていたのだろう。

「あれこれ、悩むのなんて、馬鹿らしいわ」ことの成り行きを見ていた瑞紀が話に加わった。「とっとと電話をして、問い合わせればいいのよ」

「電話番号は記入されていません」

真野は小さく首を横に振った。

「じゃあ、名簿で調べたらいいだけ」

樽見の太い指がパソコンのキーボードの上で華麗に舞った。

荒岩光輝後援会では、パソコンのデータベースソフトで支援者、後援会の会員などを管理している。

「あれ？　あれれ？」

樽見の語気が失速した。

「どうしたんだ？」

「どうしたの？」

真野と瑞紀の声が重なった。

「名簿にも電話番号は入っていないんだ。ちょっと待って」

樽見の指がカタカタとリズミカルにキーボードを鳴らした。

キーボードが鳴り止み、樽見は深く息を吐いた。

「うーん……ただの偶然の一致だよな……」

「なにが？」

またしても、真野と瑞紀の言葉が重なった。

「筆跡が一致している六人、半年に一度の割合で七五万円ずつ寄附してくれているんだ。すなわち、半年で四五〇万円、一年では九〇〇万円。それが一〇年以上も」

「その寄附が始まったのは？」

なにも見えない闇夜で道を探しながら歩くように、真野は樽見に訊いた。

「二〇〇八年の一〇月……いや、本当に偶然だよ、偶然」

樽見の笑いは乾ききっていた。

それ以上、言葉にするな。さもなければ、事実になってしまう。

話を継ごうとした真野に心が停止命令を発した。

ロシア人

それじゃあ、と瑞紀と別れ、真野は岡山で最後の酒を楽しもうと、件《くだん》の居酒屋に向かった。樽見は、美味しいビールを堪能するために、一度、アパートに帰って、シャワーを浴びて汗を流してから合流することになった。

平日ということもあり、郊外にある店の客はまばらだった。

一杯目の生ビールはいつもより苦かった。この日の夕方に帳簿の謎を発掘してしまったことが味覚を変えているのかもしれない。昼前に見た玉川の国会中継もビールを苦くしているように真野には思えた。

謎の寄附が始まったのは、二〇〇八年の一〇月だった。その八か月前、荒岩は予算委員会で首相の外国人献金疑惑を追及し、その後、『国会のトマホーク』として、幾人も閣僚や与党議員を辞任や議員辞職に追いやった。

今日の昼間、国会中継が天気予報に変わったあとに玉川は否定していたが、その直前までは、荒岩はロシアのスパイだったのではないかと疑っているように話していた。

玉川は実は本当のことを言っていたのではないか。荒岩はロシアのスパイであり、ロシアの情報をもとに国会で質問して閣僚たちを辞任に追い込んでいたのではないか。そして、日本政府にダメージを与え続ける荒岩へのロシアからの報酬として、謎の寄附という形で資金が送られ、その金から真野たち、私設秘書の給与が支払われていたのではないか。

その疑念を払拭するために、翌日、謎の寄附をしたひとたちを真野が訪ねてみることにしたのは自然な流れであった。寄附したひとたちの住所が、神戸、大阪、京都と、真野の東京への帰途に一致していたのも、真野が瑞紀と樽見から訪問役に推される一因となった。

ママカリの酢漬けで、真野は二杯目の生ビールをあおった。

店内には顔見知りの客が何人かいたが、真野に声をかけてくることはなかった。多分、国会中継のことを知っていて、気づかないふりをしているのだろう。

黄ニラのおひたしをつまみながら、三杯目を注文したとき、背後からひとの気配がした。

「遅かったな……」

待ちくたびれたぞ、と付け足そうとした声を真野は飲み込んだ。

「こんなところで会うなんて奇遇ですね」

向かいの席に座ったのは外国人だった。すでにかなりの酒を呑んでいるのか、顔が真っ赤だった。人違いではないでしょうか、外国人にとって東洋人を見分けるのは難しいですから、と、やんわりと指摘しようとした真野の頭の上で感嘆符が点灯した。

「イワン・スミ……」

目の前の人物が、議員会館の事務所を片付けていたときに訪ねてきたロシア人だということに真野は気づいた。ただし、フルネームは記憶の底を漁っても出てこなかった。

「そうです。イワン・スミルノフです」

酔っていても日本語が流暢なのは変わらないようだ。

「なぜ、岡山に？」

「中古車の買い付けで出張してきました」

「たしかオフィスは東京でしたよね。わざわざ岡山まで？」

「日本車は人気ですから」

「そうですか――」真野は俯《うつむ》き、中指で額を叩いた。

「ウクライナとの戦争の動員令によって軍務についたり国外脱出を図ったりで、ロシアの港で働くひとが激減したというニュースを見た記憶があります。今、買い付けをしても、日本から運べないのでは？」

「その通りです」イワンは両手で頭を抱える身振りをした。「貿易会社の社長のわたしとしては大変、困っています。ですから、今は、四、五〇年前の車を買い付け、日本でレストア――新車のように元気に動く状態に戻す作業をしています。日本の古い車は高値で取り引きされるので、これで赤字が縮小、いや、黒字になるはずです――で、旧車を求めて、日本全国に赴いているのです」

そうですか、と応えると、真野は腕を組んだ。

このロシア人の話は本当なのだろうか。出張の理由は理解できた。しかし、出張してきたのなら、駅前に宿を取り、食事は繁華街で済ますのではないだろうか。インターネットで話題となっている店ならまだしも、地元客しか来ない郊外の店をイワンは、なぜ、選んだのだろうか。

昼間に見た国会質疑をする玉川の姿が真野の脳裏にちらついていた。

本当に荒岩はロシアのスパイであり、スパイ仲間のロシア人が秘書たちの反応を探るために待ち伏せていたのではないだろうか。いやいや、そんなことはないはずだ。

自分の考えを否定したものの、真野はロシア人を試したくなった。

「ところで、今日の国会中継、ご覧になりましたか？」

少しの変化も見逃さないよう、真野は酔って赤くなったロシア人の顔を見据えた。

「ええ、見ましたよ」

おい、馬脚を露わすのが早すぎだ。

真野は短いため息をついた。ビジネスマンには昼間に国会中継を見る暇などないはずだ。それに、彼は、今日、出張で岡山に来たのだ。オフィスで時間をもてあましていたということもないだろう。彼は嘘をついている。にんまりしながら、真野は質問を続けた。

「どちらで？」

「早めに昼食を食べた食堂のテレビで――朝一で岡山に着いて、二軒ほど回ったあとで」

ほう、そう来たか。整合性は取れているか。

真野が唇を噛んで次の質問を考えていると、ロシア人が言葉を継いだ。

「質問していた議員をわたしは許しません。いや、ロシア国民、みんなが許しません」と語気を強めた。「ロシアの諜報機関が荒岩さんを殺したなんて、デマです。ありえません」

ほかの客が、なにごとかと、ちらちら見やっている。

「あの議員は、放送が途切れたあと、そんな憶測を報道する者がいるかもしれない、と警鐘を鳴らしていたのです」

ほかの客の目があるので、真野はロシア人をなだめるしかなかった。それと同時に、こんな短絡《たんらく》的な人物がスパイであるはずがないと、真野は自分の考えを改めた。

「それはよかったです」

ロシア人は安堵《あんど》の表情を見せた。

「ですが、ロシアの諜報機関と荒岩が関係を持っていた可能性は否定できません」

謎の寄附のことが真野の頭にはあった。

「あなたが荒岩さん本人に聞いたのですか？」

「聞いたことはありません。しかし、なぜ、与党議員の不正をあんなにも多く曝けたのか、わからないのです。わたしは四六時中、荒岩と行動をともにしていましたが、不正の情報を収集しているところを見たことがないのです」

「そういうことですか」

ロシア人がうなずいた。

「なにか知っているのですか？」

「知っているような。知らないような」

「どっちなんですかっ」

今度は真野が語気を強めた。

「落ち着いてください」ロシア人がなだめる番になっていた。「どうやって議員のスキャンダルを調査していたかは知りません。しかし、どのような時間に情報を収集していたかは知っています」

「いつ？」

「あなたがいないときです。四六時中、荒岩さんのそばにいたと、あなたは言いましたが、不在のときもあったことをわたしは知っています。夜、荒岩さんが呑み歩いているとき、あなたはいませんでしたから」

え、とうめきそうになった声を真野は飲み込んだ。

たしかに、東京で荒岩がネオン街へ出かけるときは、ひとりであり、その時間に荒岩がなにをしていたのか真野は把握していなかった。ただし、夜遅くだったので、調査をするには範囲が限られてしまう。調査員のようなものが荒岩の代わりに調べていて、その結果の報告を荒岩は受けていたのかもしれない。

だが、問題は残る。その調査にかかる費用をどこから工面していたのかが不明なのだ。しかし、外国の諜報組織が絡んでいたのなら、話は変わってくる。荒岩は報酬を支払うことなく、逆に政府を貶《おとし》める質問を国会ですることで報酬を受け取っていたのなら、謎の寄附金のこともあり、辻褄《つじつま》があってしまう。

「それは、あなたの推理ですよね」

弱々しい反論をするのが精一杯だった。

「いや、確証がありますよ」涼しい顔でロシア人は小さな笑みを見せた。「今年の五月だったと思います。夜のネオン街でひとりで呑んでいるとき、荒岩さんと会ったのです。まあ、荒岩さんと会うのは、いつも、夜の街ですけど――そのとき、荒岩さんの携帯電話が鳴ったのです。その電話を終えたとき、荒岩さんが見せた満面の笑みは印象的でした。わたしは、一生、忘れません——秋から始まる臨時国会を楽しみにしていてください。さっきまで会っていた人物から連絡があり、とっておきの情報が入りました——と」

ロシア人は屈託のない笑顔を見せた。

一〇年以上も仕えてきたのに、真野が初めて垣間見る荒岩の側面、いや、本質だった。

「電話の相手のことをもっと教えてください」

「酒の席で何度かそれらしい人物と電話で話しているところを見たことはありますが、話の内容、相手の素性は、なにも教えてはもらえませんでした」

「そうですか……」

真野は肩を落とした。荒岩が政治家の不正問題を国会質問で取り上げる際に、夜、呑みにいくと偽って、だれかから情報を得ていたことにも真野は動揺した。しかし、そのことよりも深く心を乱されたのは、その人物の存在に一〇年以上も気づかなかったことだ。

なにも知らなかった。なにも知らされなかった。

自分の存在を荒岩に否定されたように思えた。

「荒岩さんは教えてくれませんでしたが——」

「なにか、聞いてしまったのですか？」

餌を貪《むさぼ》る生け簀《いす》の魚のように、真野はロシア人の話に食いついて、続きを促した。

「いえ、盗み聞きなんてことはしていません」

「なんだ……」

再び、真野は肩を落とした。

「聞いてはいないのですが、臨時国会を楽しみに、と荒岩さんが言った後、何本か電話をかけてメモを取って、すぐにそれを灰皿で燃やしたのです。そのとき、ちらりとそのメモの文字が見えたのです」

「なにが書いてあったのか、覚えているのですか？」

真野は身を乗り出していた。

「わたしの勘違いでなければ、マイクノイズと読めました。わたしには、国会で質問するような話ではないように思えて、そのとき、困惑した記憶があります」

そのときのことを思い出したのか、ロシア人は首を斜めにしていた。しかし、真野には理解できることだった。多分、荒岩はいつもの癖で、カタカナでメモを取っていたのだろう。それを漢字やひらがなに変換すると、メモの内容がわかるはずだ。真野は黙り込み、頭のなかで、『舞いくのイズ』とか、文字を組み合わせていった。

ロシア人がなにごとなのかと、心配顔を見せるなか、真野の前に大きな影が出現した。

「お待たせ。急いだら、また、汗をかいちゃったよ――大将、とりあえず生ビール、それと、いつものデミカツ丼、大盛り」

樽見が汗を拭っていた。

「外国人さん？　まのっちの知り合い？」

「あ、お前は行き違いで会っていなかったのか——先週、議員会館の事務所の片付けをしていたとき、訪ねてきてくれたロシア人のイワン・スミ……」

「スミルノフです」ロシア人は名刺を樽見に渡した。

「それでは、わたしはこれで失礼します」

「え？　イワン、帰っちゃうの？　一緒に呑もうよ」

初めまして、の挨拶をすっ飛ばして、ファースト・ネームで呼ぶとか、ありえないから。

注文したビールが届く前に、もう、酔っぱらったのか。

真野は、同伴者が馴《な》れ馴《な》れしすぎて申し訳ない、とロシア人に拝むジェスチャーをした。

「ですが、おふたりで呑みたいのではないでしょうか？」

「まのっちとは飽きるほど呑んだから」

「飽きる？　おまえと呑むのは月に一度の事務所の懇親会くらいだぞ」

真野は鼻を鳴らした。

「ぼくが呑むのって、事務所の懇親会だけだから、まのっちとは毎回なの」

「で、その毎回、酔いつぶれたお前をおれが介抱するってことだな」

「そういうこと——で、イワンはなにを呑む？　多分、この店、ウォッカはないだろうから、生ビールで勘弁してね」

イワンの返答を待たないで、樽見は店主に追加の注文をした。

「すみません。一杯だけ、付き合ってください」

真野は頭を下げた。

「仲間が多いほうが楽しいですから——ここで会ったのも、なにかの縁。援軍が必要になったときは加勢しますのでご連絡を」

と、イワンは樽見に渡した名刺に携帯電話の番号を書き加えた。そして、もう一枚、名刺を出して、真野にも同様のことをした。

「で、なにができるの？」

樽見は、なぜなぜ期の子供のように、疑問を躊躇することなく言葉にした。

おい、社交辞令というものを知らないのか。

真野は苦言を呈しようとしたが、酔っているのか、それとも性格がいいのか、イワンは大らかに応じた。

「そうですね。仕事柄、調査は得意です」

「調査？　浮気の？　それとも、スパイとしての潜入調査とか？」

そんなことはないよな、との言葉を継ぐ代わりに、樽見は、けけけ、と下品に笑った。

「そんなことができたら、すごいですがね」険悪になりそうな雰囲気をイワンは笑い飛ばした。

「海外の取り引きでは商品をだまし取られることがあるので、初めての取り引きに際しては、慎重に調査をするようにしています」

「面白そうだね。ぼくも調査のとき、仲間に入れてよ」

と、意気投合して、樽見とイワンは乾杯を繰り返し、いつもより早く樽見は酔いつぶれた。

イワンをタクシーで送って、泥酔している樽見とともに彼のアパートまで帰り着いた真野は、岡山での最後の夜がこれでよかったのかと反省しそうになったが、やめて、すぐに寝てしまった。

翌朝、真野は岡山を発ち、新神戸で下車した。前日、真野と樽見、それと瑞紀で話し合った謎の寄附金を調べるためであった。

土地勘はなかったが、新幹線を降りてからの在来線の路線図と周辺の地図を詳しく樽見が調べてくれていたので道に迷うことはなかった。

最初の訪問先は郊外の一戸建てだった。表札には、寄附したとおぼしき男性の名前が掲げられていた。真野は事前に考えておいた台詞でインターホンに話しかけた。

「午前中、お忙しいところ、申し訳ありません。わたくし、衆議院議員の荒岩光輝の秘書でございます。荒岩の生前には大変、お世話になりました。本日は、改めて、ご挨拶にうかがいました」

「アライワ？　少々、お待ちください」

女性の声で戸惑い気味の響きの返答があり、すぐに玄関が開いた。

玄関を入ってすぐに大きなポスターが貼ってあるのが目に入った。大きく『教祖、聖誕祭』という文字が書かれている。

真野は、まず、名刺を渡した。五〇歳くらいの女性はそれをしげしげと見た。

「荒岩さん……ああ、先日、亡くなられた議員さんですよね」

女性も、真野も、しっくりこない会話であった。支持者のところに挨拶にうかがうと、議員本人ではなく秘書であっても手厚く歓迎されるものだ。しかし、真野は居づらさしか感じていなかった。

「毎年、多額の献金をいただき、ありがとうございました」

時期尚早とは思ったが、核心へと真野は踏み込んだ。

「献金？」

女性の頭の上、三〇センチほどのところには疑問符が三、四個、並んでいるようだった。

もしかして、あの金は本当にロシアからのものだったのだろうか。

否定する材料が欲しくて、真野はさらに問いかけた。

「春と秋に七五万円、ご主人名義で――寄附をいただくたびに、お礼状も差し上げていたのですが」

女性はぴんと来ていない様子だったが、数秒後に、納得したような表情になった。

「そうです。そうです」と何度か女性はうなずいた。
「あの寄附のことですね。あれは主人が個人的に行っているものなので、どうか、そのま
ま、お納めください――わたし、出かける用事がありますので」
女性が玄関を閉じた。そのとき、真野は、例のポスターに小さく『光の道』と書かれて
いるのを見た。
玄関から追い出される形になった真野は、違和感を払拭できずに、電信柱の陰で様子を
見ていた。しかし、外出の予定があると言っていたはずの女性が家から出てくる気配はな
かった。多分、「出かける用事がある」と言ったのは嘘で、これ以上、話したくないとい
う意思表示だったのだろう。
その理由の一部は、真野には想像できた。
あの家に貼ってあったポスターは、以前に、高価な壺を信者に売りつける霊感商法で世
間を騒がせた宗教法人『光の道』のものだった。マスコミに叩かれたこともあって、高価
な壺の販売はやめて、毎年、少しずつ絵柄を変えたポスターを信者に売るようになってい
ると、数年前に真野はニュースで見たことがあった。ちなみに、ポスターの印刷工程は普
通なのだが、霊力が授かるとされ、一枚、十万円ほどする。熱心な信者は、毎年、一〇枚
以上も購入すると言われている。
有権者がどのような宗教を信じるかを政治家が決めることはできない。しかし、宗教の
ほうで、どの政党を支持するかを決めることはある。そして、宗教法人『光の道』は与党

を支持している。

野党の荒岩に献金していることをほかの信者には知られたくないのであろう。しばらく待っても、女性が外出しなかったので、真野は大阪に移動し、次の訪問先に向かった。

大阪の三軒の訪問でも、ほぼ同じような反応だった。寄附していたのは認めたものの、心から支援しているとは思えない対応だった。そして、宗教法人『光の道』のポスターが各家庭に貼られていた。

なぜ『光の道』の信者が荒岩に寄附をしていたのか。

謎を究明するために、京都に移動してからは作戦を練って、樽見に電話をかけて下調べをしてもらった上で訪問した。

インターホンを鳴らすと、真野は開口一番、樽見に調べてもらった地元の与党議員の名前を出した。

「秘書として、このたび、こちらの地区の担当になりましたので、ご挨拶をさせていただければと思いまして」

嘘である。しかし、その議員の秘書が数日前に訪問していなければ、ばれることはなさそうだった。なにより、見ず知らずの街の、見ず知らずのひととは、多分、二度と会うことはないだろう。嘘が露見しても、適当に誤魔化して立ち去ればいいだけだ。

とは言っても、ひとをだますことへの抵抗はあった。荒岩が生きていれば、ほかの方法がなかったのかと問い質されていたはずだ。しかし、謎の寄附の究明という正義のためには必要なことだと、真野は自分を偽ったのだ。

「これは、これは、お忙しいのにご苦労様です」

関西のイントネーションの声がして、すぐに玄関が開いた。開いた扉の隙間からは、すっかり見慣れた宗教法人『光の道』のポスターが見えた。いつもお世話になっています、と当たり障りのない会話を重ねていくうちに、白髪《しらが》交じりのこの女性は宗教法人『光の道』の熱心な信者であり、与党を支持していることが言葉尻から伝わってきた。

真野は深く呼吸をしたあとで切り出した。真野の頭のなかには、テレビドラマで刑事が被疑者のアリバイを崩すイメージが再生されていた。

「それと、これはわたしが個人的な興味から調べたことなのですが、ご主人が野党の荒岩議員に献金していることは、ご存じですよね？」

暴れそうな心臓に、落ち着けと命じながら、真野は女性からの回答を待った。

「さあ……そんなことはないように思います」

女性の口調から関西のイントネーションが消えて、標準語になっていた。

「では、ご主人と同姓同名で、住所も同じ他人が荒岩議員に寄附しているのでしょうか？」

真野はいつでも見せられるように準備しておいた画像をスマートフォンに映し出して、女性の前で掲げた。

「これは……」

「去年の荒岩議員の政治資金収支報告書です。ここに記載されているんですよ、ご主人の名前が、ここの住所とともに」

真野は表情のない口調で、スマートフォンの画像を指さした。

「なにかの間違いでは……」

「一昨年も、その前も――一〇年ほど前から、この寄附は続いているのですがね」

沈黙の時間が流れた。真野は、追及する言葉を継ぎたい衝動を抑え、女性が口を開くのを待った。

「先生は知らないのでしょうか？」

女性が恐る恐る訊いてきた。

「さっきも言いましたよ。わたしの興味から調べているだけです。先生どころか、後援会事務所のだれにも話していません。事情があるのなら、未来永劫《えいごう》、口を閉ざします」

「信じていいのでしょうか？」

女性は眉間に皺《しわ》を寄せて、静かに訊いた。その口調は、疑問文ではなく、命令文だと真野には思えた。

「もちろんです」

彼女が信仰する『光の道』の教祖に誓うと、真野は付け足した。

「わかりました。では、本当に内密に――たしかに、主人は荒岩先生に寄附しています。ですが、これは主人が勝手にやっていることではありません。教団に頼まれたのです」

「教団に？　『光の道』の？　なぜ？」

「詳しいことは主人も話してくれませんでしたが、教祖様のご意志だそうです」

教祖の意志ということは、宗教法人『光の道』の組織的関与が疑われる。そして、その真相は、目の前の女性からは聞けないだろうと思われた。

「そうですか——正直に話してくださりありがとうございました。この会話はふたりだけの秘密だと誓います」

深く頭を下げ玄関を出た真野は、舌の根が乾かぬどころか、光の速さで瑞紀に電話で報告した。

教団

最後の一軒は留守だった。

そのことを報告して東京に帰ろうと、真野は瑞紀に電話を入れた。わかったわ、お疲れ様、と言われて、通話を終えようとしたとき、「まだ、終わってないわよ」と瑞紀から待ったがかかった。

「教団内部でなにがあったのかは不明ですが、謎の寄附金は『光の道』からだということは間違いありません。それで充分ではないでしょうか？」

スパイ行為の報酬としてロシアからの資金が荒岩に流れていたのではないか、という疑念は払拭できたと、真野は安堵していた。しかし、そのことを口にして瑞紀に伝えることは、あえてしなかった。

「あなたが充分だと満足しているのは自由だけど、もし、お父さんが生きていたら、どうしたと思う？」

「それは……」疑問があるなら徹底的に調べろ、と咎《とが》められるのは間違いなかった。

「でも、どこを調査したらいいのか……」

「教団本部に決まっているじゃない」

「潜入調査とか？　無理です。できません」

真野は激しく首を振った。

「そんなこと、最初から期待してないわ――正面から問い質せばいいのよ」

「どうやって？」

「簡単なことよ。会いに行くだけ――明日の朝、一〇時に東京の教団本部で事務局長との約束を取り付けたから、樽見くんと合流して、行ってきて」

一瞬では理解できず、真野は瑞紀の言葉を咀嚼してから、訊いた。

「なんで、そんなことができたのですか？」

「さあ、なんでだろう――教団本部に電話して、あなたの報告の通りに話したら、次々に電話相手が代わり、最後に事務局長を名乗るおじさんが対応してきて、一度、直接、会いたいと言ってきたのよ」

それだけなのか。脅すようなことをしてないのか。

詰問の言葉を真野は飲み込み、代替の質問をした。

「なぜ、樽見が同行するのですか？　まだ、会計の作業が終わっていませんよね？」

「本人、たっての希望よ。詳しいことは樽見くんから訊いて——待ち合わせの場所とか、すぐにメールさせるから。じゃあね」

と、電話は愛想なく切れた。

翌日、待ち合わせの場所で樽見と合流して、真野は『光の道』の教団本部を訪問した。建物を入ってすぐに大企業のような受付があり、そこで名前を告げると、学校の教室よりも広そうな応接室に通された。教祖の巨大な肖像画に見下ろされ、高価そうな調度品に囲まれて、真野は緊張していた。

「まのっち、膝が震えているよ」

と樽見に笑われた。その笑い声も震えていた。止まれ、と念じても、真野の膝の震えは収まらなかった。

「で、なんで、会計の仕事をほっぽり出して来たんだ？」

「場の空気に、まのっちが呑まれたときのために決まってるでしょ」

「お前も緊張していたら、意味がないだろ——本当の理由はなんだ？」

「それは言えない。秘密、秘密、トップ・シークレット」

その秘密を真野が曝こうとしたとき、ノックの音がして、重厚な音とともに扉が開いた。

事務局長と名乗った六〇歳過ぎくらいの男性と名刺交換をして、しばらくは当たり障りのない会話を真野は続けた。

事務局長が入ってくる前の樽見とのやり取りで緊張が少しは和らいでいた真野は、ひとつ、唾を呑み込んでから切り出した。

「さて、寄附金のことですが――」

「そのことですが、本当に口外しないと約束していただけるのですか？　もし、約束を反《ほ》故《ご》にすれば、天罰がくだりますよ。これは脅しではありませんから」

いや、表向きは与党を応援しているにもかかわらず、野党の荒岩を支援していたことがすでに天罰に値するのではないか、との苦笑を真野は嚙み殺した。そして、「脅し」という台詞に寒気を感じた。目の前の事務局長を恐れたわけではない。このような場で「脅し」という言葉が使われたのは、すでに真野側が脅したからではないかと推測して、瑞紀の意味深長な顔が頭に過《よぎ》り、背筋がぞっとしたのだ。

「もちろんです。ただし、昨日、お電話を差し上げました、わたくしどもの副事務局長への報告はさせてもらいます」

「それは構いません――」

事務局長はこれまでの経緯の説明を始めた。

二〇年前、宗教法人『光の道』では、霊験あらたかな壺を信者に勧めていたが、これはまったく価値のない商品を販売する霊感商法ではないのかと、一部のマスコミが騒ぎ始めた。そのため、教団本部では政治の力でマスコミを黙らせようと画策し、与党の議員に働きかけた。その甲斐あって、マスコミの報道は沈静化した。その際、教団本部は、与党を支持するよう信者に指導するとともに、宗教の自由を高らかに叫んだ議員、ほかの宗教法人の問題点を指摘して攻撃した議員など、顕著な功労があった五人の与党議員を五聖人と定め、政治資金の援助を行うようになった。

政治献金には大きくわけて、ふたつの入り口がある。企業・団体献金と個人献金である。宗教法人『光の道』という団体として多額の寄附をしていて、それがマスコミに嗅《か》ぎつけられてしまえば、元の木阿弥《もくあみ》となってしまい、教団へのバッシングが再燃しかねない。そのため、敬虔《けいけん》な信者の名義を借りて、個人で寄附をしたように見せかけたのだ。

真野が小学生のころ、ニュースで教団が何度も取り上げられ、世間で非難されていたのは記憶していた。そして、いつの間にか、世の中から教団を攻撃する声がなくなっていた。

二〇年後、そのカラクリを真野は理解した。

「ということは、実際の寄附は教団から出ているということでしょうか？」

と真野が訊くと、事務局長は無言でうなずいた。

多分、教団の事務局で一括して寄附の手続きをしているのだろう。そのため、教団の信者からの振込取扱票の筆跡が一致したのかもしれない。

「ですが、五聖人には、もちろん荒岩は含まれていませんよね」

「この話には続きがあるのです」

事務局長は説明を続行した。

二〇〇七年、ひとりの若い女性の信者が自殺した。教団が勧める高価な壺を借金をしてまで購入したものの、返済が滞り、娘は死を選ばざるを得なかったと、両親はマスコミを通じて教団を糾弾した。それを機に、収束していた教団への批判が再燃した。

そして、今回は、野党が積極的に教団のバッシングに動き始めた。前回の騒動以来、教団が与党を支援するようになっていて、教団の票で与党が選挙に勝利することも目立ってきた。選挙に勝つには教団を糾弾するのが手っ取り早いと野党は考えたのだ。

二〇〇八年一月に通常国会が召集されると、総理の施政方針演説に対する質疑は、『光の道』一色になった。それに続く衆議院予算委員会では、教団のことに関して曖昧な答弁を繰り返す大臣が原因で、何度も審議が中断した。

そのようななか、ひとりの野党議員が予算委員会でデビューを果たした。

ＮＨＫの中継があり、ニュースでも取り上げられる機会が多い予算委員会は国会の花形であり、新人議員が質問に立つことはほとんどない。

「本日は、総理に是非とも質問をしたくて、先輩議員から貴重な時間をいただきました。短い時間ですので、総理におかれましては簡潔に答弁いただきたく存じます」

と切り出したのは、荒岩光輝だった。

そこからのくだりは、真野は諳《そら》んじられるくらいに覚えていた。

法律で禁じられている外国人からの献金を総理が受けていたのではないかとの疑義を呈

した荒岩は、否定し続ける総理に対して、数々の証拠を突きつけた。そして、最後、「あとは司直の判断に委ねたく存じます」と議論を締めくくった。

その後、マスコミが後追いの報道をし、野党が荒岩に追従する質問を続け、さらには総理を降ろす運動が与党内から始まった。そして、荒岩が総理に予算委員会で質問した三か月後、外国人からの違法な献金を認めた総理は辞任したのだ。

「記憶がさだかではないのですが、あのとき、教団への追及はどうなったのでしょうか？」

真野は右上を見やりながら訊いた。

「台風が一瞬にして消滅したかのように、ぴたりとやみました。現役の総理の首を取れるかもしれないと野党は攻撃を続け、マスコミも、この波に乗り遅れるなと、こぞって報道しましたからね――わたくしどもとしては、まさに天恵でした。そして、二度と批判されないよう、わたくしどもは、高価な壺を信者に販売することを控えるようにしたのです」

「代わりに価値のないポスターを売りつけて――」

樽見の言葉を真野は咳払《せきばら》いで阻止して、続きを促す質問を事務局長にした。

「それと、荒岩への献金がどのように関わってくるのですか？」

「天恵をもたらした荒岩先生を五聖人のひとりとして崇《あが》めるようにしたのです」

「それで、こちらの教団から多額な寄附をいただくようになったのですね――わたしも、荒岩の娘であるわたくしどもの副事務局長も存じ上げませんでした。改めて御礼を申し上げ、非礼を詫《わ》びます」

「ご存じないのも当然です。荒岩先生にも黙っていたことですので」

「どういうことでしょうか？」

真野が小首を傾げた。

「言葉の通りです――野党の荒岩先生にわたくしどもが多額の献金をしていることが明るみに出れば、わたくしどもも、先生も、立場が悪くなりかねないと愚考したのです」

「そうだったのですか……」

「先生がお亡くなりになったので、これからは寄附は控えさせていただきます」

「わたくしどもの後援会も解散する手続きを取っていますので、問題はありません――改めて、長年のご懇情、お礼申し上げます」

真野は深く頭を下げた。気配を感じて、頭を上げて隣に視線を向けると、樽見が腕を組んで憮然《ぶぜん》としていた。

「おい、ここは頭を下げるところだ」

潜めた声で真野が咎めたが、樽見の頭は下がることはなかった。

「ちょっと、疑問があるんだけど、五聖人は五人のままだったの？」

樽見が訊くと、質問の趣旨を理解できないのか、事務局長の表情は曇り空になった。

「五聖人だから、五人なんだろ」

忖度《そんたく》して、真野が答えた。

「そういう意味じゃないよ。荒岩さんを五聖人のひとりにしたのなら、元の五人のなかから、ひとり、五聖人から外されたひとがいるんじゃないの？　教団だって、予算というものがあるだろうし、政治家への寄附を増額するのは簡単じゃないのでは？」

「ご明察」合点がいったのか、事務局長の表情に陽《ひ》の光が差していた。「ですから、荒岩先生を含めての五聖人となり、おひとりは外れていただきました――二〇年前、わたくしどもは五聖人を選んだわけですが、二〇〇八年には、おひとりが引退し、議員職はご子息が継がれていて、五聖人の枠もご子息が引き継がれていたのです。その先生にご遠慮いただいた次第です。徳が世襲されるのも、おかしなことなので」

「その議員はだれなの？」

猫がペースト・タイプの餌を貪るかのように、樽見の瞳はギラギラと煌めいていた。

「それはお答えできません」

「そこをなんとか」

樽見が両手で拝んでも、事務局長は頑として応じなかった。

「けち。じゃあ、自分で調べるよ」

あかんべえをして、樽見が退席してしまった。事務局長の顔がみるみるうちに赤くなった。

「申し訳ありません」

真野の陳謝は一〇分以上も続いた。

「今、どこにいるんだ？」

不躾《ぶしつけ》なアルバイトに代わって謝罪を繰り返し、やっと『光の道』の教団本部から解放された真野はすぐに樽見に電話した。

「教団の向かいの赤いビルの三階」

と言われ、該当するビルを仰ぎ見ると、マンガ喫茶の看板が見えた。

「なにをやってるんだよ」

「調べ物。もう、終わったから、待ってて——それより、まのっち、これから玉川のところに行こうよ」

「玉川？」

「そう。衆議院議員の玉川健」

おい、と言葉を漏らした後、真野は息を詰まらせ、言葉を失った。

「まのっち、ぼくの話を聞いてる？」

「聞いているよ」戻ってきた言葉で真野は畳みかけた。「友達の家に遊びに行くような感覚で言うなよ。それに、玉川先生は、多分、予算委員会で忙しいはずだ」

すでに玉川本人の質疑は終わったものの、委員なので、数日間、朝から夕方まで予算委員会に出席して、ほかの議員の質疑を聞いていなければならないし、場合によっては野党議員に野次を飛ばす場面がくるかもしれないのだ。

「委員会にも、お昼休みはあるよね。今から行ったら、ちょうど、お昼だから、ご飯をご馳走《ちそう》してもらえるかも」

「昼食は食べるだろうが、だれかと打ち合わせをしながら、ということもあるからな。それに、一昨日《おととい》、瑞紀さん名義で抗議のメールを送ったから、気分を害しているだろうし――いずれにせよ、アポなしで国会議員に会うのは無理だ」

高校生のとき、約束もなく荒岩に会いに行こうとした過去の記憶を一時的に真野は封印した。

「じゃあ、アポをとってよ。一時期は、玉川のトクメイの秘書だったんだから、いけるでしょ」

「そんな簡単じゃないよ」

「でも、今回の予算委員会の質問で騙《だま》し討《う》ちのようなことをしたんだから、玉川が人間であれば、負い目を感じて、すぐに応じてくれるよ。とりあえず、連絡してみてよ」

マンガ喫茶の会計があるので、と樽見は一方的に電話を切った。

「仕方ないなあ……」

独りごちて、玉川の事務所に電話をすると、やはり玉川は予算委員会に出席していたのだが、真野から連絡があった旨のメモを渡す手続きを秘書がしてくれた。

国会には、さまざまなルールがある。

国会審議中に議員が議事に関係しない小説などを読むことは禁じられており、スマートフォンやタブレットパソコンで会議と関係ないことをしていると、マスコミの餌食となり、ニュースで取り上げられることもある。

また、委員会室で議員が携帯電話で通話することも禁じられている——違反して電子音を鳴り響かせて、審議を中断させたお騒がせな議員も存在している。

そして、秘書は傍聴席には行けるが、議員が並んでいる席には立ち入れない。そのため、委員会中に議員に連絡したいときは、用件をメモにしたため、国会の職員に渡してもらうのだ。

樽見が三階のマンガ喫茶から降りてきて、ふたりで駅へ向かっているとき、玉川の秘書から連絡があり、十二時から十五分だけなら会えるので時間厳守でお願いします、と伝えられた。

「ほら、案ずるより産むが易し。人生、こんなものだよ——さあ、議員会館に向かって、レッツ・ゴー」

樽見が握った拳を高く掲げた。樽見と一緒だと毎度のことではあるが、さすがに東京では恥ずかしくて、真野は思わず赤面した。

議員会館には、約束の時間の六分前に着き、秘書室の隣のミーティングルームへ案内された。以前、通された議員執務室と同様に、壁には中国の指導者と玉川が握手を交わしている写真が飾られている。

大きなテーブルの向こうとこちらに、ひとつずつ寿司桶《おけ》があり、鯛《たい》や大トロなどの寿司ネタが並び、ラップという透明な毛布にくるまれていた。多分、玉川の事務所では、真野ひとりが訪問してくるのだと思い込んで、玉川と真野の食事を準備していたのだろう。どうしたものかと真野が考えていると、ミーティングルームの扉を開いて、玉川が顔を見せた。相変わらずのポマードではあった。

「ふたりなのか。じゃあ、すぐに寿司を追加させよう」

開口一番、玉川は秘書を呼ぼうとした。

「わたしは朝食が遅かった上、食べ過ぎて調子が悪いので、遠慮させていただきます」

真野は腹をさすった。

「そうなのか？　まあ、体調には気をつけなさい。おれは次の予定があるので、早速いただくよ」

と玉川が言い終えないうちに、うひょーと、隣の席で樽見が奇声を上げた。

「この大トロ、美味《うま》いぞ」

樽見が真野の肩を二度、三度と叩いていると、玉川の表情が険しくなった。

「時間がないので、食べながら話を聞こう。先日、送ってきたメールの件か？　おれは謝罪などしないぞ」

玉川が鯛をつまんでいる間に、樽見はハマチとウニを平らげていた。

「いえ、今回、訪問させていただいたのは、わたしではなく、こちら、荒岩の事務所でアルバイトをしている学生の樽見が、先生と是非ともお話をさせていただきたいと申すもので、お時間をいただきました」

ほう、と玉川は樽見を見やった。そのとき、樽見は寿司を三貫ほど一気に食べて喉を詰まらせ、目を白黒させて、お茶を勢いよく飲んでいた。

「ああ、死ぬかと思った——ところで、玉川さん、あなた、荒岩さんを殺したよね」

「おい」

真野はそれ以上は言葉を継げなかった。

国会議員に対して、そんな口の利き方があるかよ。いや、それよりも、国会議員を殺人者呼ばわりするなんて、ありえないぞ。

真野は慌てふためいているだけだった。

「なにか証拠があるのかね」

玉川から表情が消えた。

「あんた、五聖人のひとりだったよね」

「五聖人？」

「宗教法人『光の道』の」

「ちょっと、待て」やっとの思いで、真野は言葉を声にした。「五聖人がだれかということは、教団の事務局長は教えてくれなかったぞ」

で？」


「だから、自分で調べたんだよ。教団を出たあとで」

「教団の近くのマンガ喫茶で？　あそこにいたのは一五分ほどだろ？　そんな短い間
「ほかにメイド……今日、行きたいところのことも調べていたから、五聖人については、五分、いや、三分ほどでわかったかな」

「どうやって？」

「簡単なことさ」

樽見は説明した。

二〇年前、霊感商法だと最初に騒がれたとき、『光の道』は与党議員に働きかけて、危機を救ってもらった。そのとき、顕著な働きをした議員を教団は五聖人として崇めた。すなわち、五聖人は二〇年前には与党の国会議員だった。

「当時の新聞記事を丹念に調べれば、五聖人の候補者は絞れるけど、それは時間の無駄」

「どういうことだ？」

「ぼくが突き止めたいのは、すべての五聖人ではなく、二〇〇八年に新たに五聖人となった荒岩さんと入れ替わりで五聖人の枠から外れた議員なんだ」

「それを見つけるのも簡単なことではない」

「いや、すぐに見つかったよ。教団の事務局長の言葉を思い出してよ」

——二〇〇八年には、おひとりが引退し、議員職はご子息が継がれていて、五聖人の枠もご子息が引き継がれていたのです。その先生にご遠慮いただいた次第です。

教団で聞かされたことを真野は記憶のなかから引き出した。

「ということは、二〇〇八年にはすでに息子に議席を譲っていたということか。それでも、与党は世襲議員が多い。特定はできないだろう」

「そこで活躍するのが政治資金収支報告書だ」

「いや、それは無理だ。そんな古いもの、存在しない」

以前は政治資金収支報告書の写しはいちいち役所に赴いて手続きをしないと閲覧できなかった。それがインターネットの普及により、総務省や自治体のホームページで見られるようになった。ただし、法令の定めにより、三年を目処に抹消している。

「それが存在するんだよな」

国会議員関係の政治団体に限られるが、十数年前から毎年、役所から発表されるたびに政治資金収支報告書をインターネットで公開しているNPO法人があると、樽見は真野に話した。

「で、玉川後援会の二〇〇七年の収支報告書をぼくは見つけたんだ。そいつをスマホに保存してきたのが、これ」

と、スマートフォンの画面を見せた。

寄附した者の氏名、住所、そして、寄附金額の一覧がそこにはあった。

「この名前は覚えている」

真野はスマートフォンの画面を指さした。

「そう。荒岩後援会に寄附していた宗教法人『光の道』の信者の名前が、なぜか、玉川健後援会の二〇〇七年の収支報告書にも記載されているんだよな。まあ、信者の名義を借りて教団が寄附していたと『光の道』の事務局長は言っていたけどね」

「それで、二〇〇八年以降、このひとたちの寄附はどうなっているんだ？」

もし、それ以降、記載がなければ、玉川への『光の道』からの寄附が止まったことになる。すなわち、荒岩との入れ替わりで五聖人から外れたのは玉川の可能性が濃厚だと言えるのだ。

「もちろん、調べたよ。そして、二〇〇八年の四月を最後に、これらのひとが玉川に寄附をしていないことが確認できたよ」

「なるほど」今まで黙って樽見を凝視していた玉川の口が開いた。「これを三分ほどで調べたのか——きみ、見込みがあるな。おれのところに来ないか」

「なに言ってるんだよ。秘書になれと誘っているの？　荒岩さんを殺したヤツの秘書なんか、なるわけないよ。というか、あんた、逮捕されるんだから」

呆《あき》れたと言いたげに、樽見はゆっくり首を横に振った。

「おれが五聖人を外されたことの推察は見事だった。だが、なぜ、おれが殺したということになるのだ？」

玉川は大きく目を見開いた。鬼が出現したのではないかと思えるほどの形相を目《ま》の当たりにして、真野は怯《おび》えた。

政治資金規正法違反

「そんなの、決まっているじゃないか」

樽見の言い草には、そんなこともわからないのか、と嘲《あざけ》る台詞が追加されているように真野には思えた。

「ほう、なにが決まっているのだ？」

玉川の声は平坦《へいたん》だったが、周囲を戦慄させる響きがあった。

「荒岩さんに五聖人の枠を奪われ、寄附が集まらなくなったあんたが、逆恨みして殺したんだ」

「おれは五聖人から外された。それは事実だ。そして、おれが外れたことで新たにできた五人目の枠に野党の議員が就いたと、きみの話ではなっている。だが、そんなことはありえない。教団は一貫して、与党を応援している。野党を支援することなど、万に一つもないのだ」

「なに、ふざけたことを言っているんだ」

「ちょっと待て」

なにかが違うと感じた真野は樽見の反論を制止して、『光の道』の事務局長の名刺を取り出し、電話した。そして、通話を終えると、玉川に向かって深く頭を下げた。

「申し訳ありません。わたくしどもの誤認でした」

「まのっち、なんで、こんなヤツに謝るんだよ」

樽見の口がへの字に曲がった。

「教団に問い合わせたんだ」頭を下げたまま、声量も下げた。「荒岩さんが入ったことで五聖人から外された議員には、荒岩さんのことを説明したのか、と。そうしたら――」

「そうしたら……」

「詳しいことは話していないと言われた。まあ、野党の議員を支援していることが漏れたら、与党との関係にひびが入りかねないからな――ということで、この話は聞かなかったことにしてください」

真野はさらに深く頭を下げた。

「それで無実だとは言い切れないよ。教団が話してなくても、玉川が調べたということもありえるよ。なにせ、まのっちを探偵みたいに使っていたこともあるからね」

「この、たわけ者」

玉川が一喝した。

それだけで身の毛がよだち、頭を上げた真野の脈拍が急上昇した。

「そんなことでびびると思っているの？」

樽見の小指が鼻の穴をほじくった。

「別に震え上がらせるつもりはない——だがな、物事には決まりごとがある。ひとを疑うのなら、まずは疑った側が立証する。これは議論する上での常識だ。にわかには信じがたいが、どうやら、おれの後釜には野党の議員が収まったというのは真実のようだな。そのことについて、おれが調査したと言い張るのなら、その証拠を示せ。それができないのなら、この件は議論する価値もない」

「それなら——」

樽見はスマートフォンを操作し始めた。

「なにをしている？」

「五聖人を外されてから、あんたが金に困っていたことを示す証拠を探しているんだよ。集中したいから、少し黙っていてよ」

「それがあったとしても、おれが殺人犯だという証拠にはならない。なにより、おれは金に困っていない。二〇〇八年と翌年は、たしかに『光の道』の寄附が途絶えた影響で一時的に寄附金は減少した。しかし、その後はV字回復して、今も右肩上がりだ。おれの政治資金は潤沢なのだ。こんなこと、きみが調べるべきことだが、今回はサービスだ」

玉川はテーブルの上の内線電話を取り、電話の相手に指示を出した。すると、すぐに秘書が分厚いパイプ式ファイルを持ってきた。背表紙には『政治資金収支報告書　二〇〇五～』と印字されている。

「好きなだけ見ればいい」

玉川に促され、真野と樽見は政治資金収支報告書のページを捲《めく》っていった。

二〇〇七年の報告書の「収支の状況」というページを見つけ、「個人からの寄附」の項目を確認すると、総額で二〇〇〇万円以上の寄附があった。それが、二〇〇八年には一六〇〇万円を少し上回る程度に減少していた。半年に一度、『光の道』から寄附されていたものが、この年の後半から止まったためだと思われる。

そして、二〇〇九年は個人からの寄附が約一二〇〇万円になっている。『光の道』からの寄附がすべてなくなったためであろう。

だが、二〇一〇年の「個人からの寄附」の欄には、玉川が所属する党が野党に転落したにもかかわらず、一五〇〇万円を上回る金額が記入されていた。さらに、二〇一一年には約二〇〇〇万円の個人からの寄附金が報告書に計上されていた。

真野は報告書のページを捲り、寄附したひとを精査していった。

政治資金収支報告書には、寄附したひとの氏名、寄附した額、寄附した日付、住所、そして、職業が一覧になっている。

普通、政治団体の寄附の額は、一万円とか一〇万円といった切りのいい数字になっていることが多い。また、一か月で一万円の寄附を一年分まとめて振り込むケースも少なくない。

一方、玉川の後援会では、一円単位の寄附が散見された。だが、それ以外は、一般的な政治資金収支報告書と変わりなかった。また、真野が覚えている宗教法人『光の道』の信者の名前や住所は、二〇〇九年以降、そこにはなかった。

「樽見の指摘は間違っていたと言わざるを得ません——申し訳ありませんでした」

真野はもう一度、頭を下げるとともに、肘《ひじ》で樽見の腕をつついて同じ動作をするように促した。

「でもさあ、なんで、こんなに寄附を集める必要があるんだよ。怪しいな」

真野の頭上で、樽見の訝《いぶか》しがる声がした。

「自由のためだ」

「自由？」

樽見と頭を上げた真野の言葉がオーバーラップした。

「そうだ。政治的な自由を得るためだ——あるいは、しがらみという鎖を引き千切るためだ」

「わかんないなぁ」

樽見が小さく首を横に振った。しかし、真野には、玉川が言わんとすることが、なんとなくだが、わかるような気がしていた。

「政治家をやっていれば、金のありがたみを痛感する場面が何度も訪れるものだ——きみくらいの歳なら、二〇一九年に明るみに出た、IR汚職事件を覚えているだろ？」

「二〇一九年だと、まだ、荒岩さんとは知り合っていなくて、政治のことに興味がなかったから、詳しいことは覚えていないなあ。まあ、今も興味はないんだけどね」

と樽見が答えると、今度は玉川が、あんなに大々的に報道された事件のことも記憶にないのかと言いたげに、小さく首を横に振った。

真野は慌てて、ＩＲ汚職事件の概要を樽見に教えた。

事件が表面化したのは二〇一九年の年末だったが、ＩＲ――カジノを含む統合型リゾートに関して便宜を図ってもらうために、中国の企業が与党の議員のひとりに数百万円の旅行代金などを贈ったのは二〇一七年であった。

「あのとき、東京地検は、ほかの与党議員も関与していないか、調べていた。そして、おれも何度も聴取を受けた」

「あの噂《うわさ》は本当だったのですね」

当時、永田町では、複数の議員が事件に関与していて逮捕されるのではないかと囁かれていた。

「ああ、そうだ――問題の中国企業からマカオへの視察旅行におれが招かれたのは事実だ。そして、実際にマカオで豪遊してきた」

「真っ黒だな、このオッサン」

汚いものを見るような目をして、樽見が鼻を鳴らした。

「ひとの話は最後まで聞けと、小学校のときに先生に教えてもらっただろうに」樽見を睨みつけてから、玉川は続けた。「だが、おれは逮捕されなかった。なぜか。簡単なことだ。金を受け取ってなかったからだ――あのとき、おれは自分の金、政治資金でマカオを旅した。そして、あの中国企業に任せたら日本のIRは失敗するとの結論に至り、関係する議員に働きかけて、ほかの企業の誘致を進めたのだ」

「だけど、中国の指導者とは仲良く写真を撮るのかよ」

樽見が壁の写真を一瞥《いちべつ》した。

「それこそ、しがらみのない政治をおれが実践している証しだ。中国とのしがらみがあれば、中国企業というだけで怪しいヤツでもIRに参入させてしまう――それよりも、老婆心ながら、きみたちのことが心配なのだがな」

「というと？」

真野は玉川に怪訝な目を向けた。

「二〇〇八年の四月までは、おれも宗教法人『光の道』から支援を受けていた。そして、その寄附は信者によるものだと認識していた。しかし、実際には寄附の原資は教団から拠出されていて、寄附行為は信者、個人がしていると装っていた。きみたちの話では、そのように聞こえたのだが、おれの理解が間違っているのか？」

「いえ、わたしも、そのように判断しています」

真野が答えた。

「そうなれば、政治資金規正法に違反しているのではないのか？」

「だとすれば、あんたも違反していることになるだろ」

樽見が反論した。

「おれの場合、一〇年以上も前のことだ。時効が成立している。しかし、きみたちは、どうなんだ？」

「それは……すぐに調べます――このたびは、大変失礼なことを申し上げて、すみませんでした。改めて、お詫びに――」

真野の謝罪の言葉を玉川が遮った。

「そんなことは、どうでもいい。それよりも、きみ、一度、メシを食いにいかないか」

「食事でしょうか」

「きみは誘っていない。恰幅《かっぷく》がいい、きみに話している」

と言われ、樽見は人差し指を自分に向けながら、不思議そうに小首を傾げた。

「おれが五聖人から外れたとの推察は見事だった。それに、国会議員を相手にしても物怖《ものお》じしないのがいい」

「そうなのかな……」

樽見が頭を掻いた。

「まあ、強要はしないが、気が向いたら電話をしてくれたまえ。美味いしゃぶしゃぶを食いにいこう」

玉川は樽見に名刺を渡し、テレビで度々、紹介されている店の名前を挙げた。

「肉が溶けると評判の？」

よだれを垂らしそうになりながら、樽見は目をキラキラさせた。

「おい」

樽見にひじ鉄砲を食らわせて、真野は玉川の事務所から撤退した。

総務省

政治資金規正法に関して訊きたいことがあると総務省に連絡すると、午後二時の約束を取り付けられた。数日は待たされると覚悟していたのだが、当日に時間を取ってもらえたのは、元とはいえ、衆議院議員の秘書の肩書きがものを言ったのかもしれない。

アポイントメントの時間には余裕があったので、真野と樽見は、荒岩の事件の捜査本部を訪ねた。そして、捜査の進展について訊いた。

被害者の秘書ということもあり、刑事は親切に対応してくれたが、具体的な捜査の状況については口を濁すばかりだった。ただし、玉川の予算委員会での質疑が引き金になったかは不明だが、学生ではなく最初から荒岩を狙っての犯行の線を捜査本部が追い始めているのは、刑事の言葉尻から確認できた。

「あと、これは夕方には発表されるのですが――」

犯行に使われた毒ガスはロシア製だと教えられた。

玉川は予算委員会の最後で、ロシアの犯行だとの憶測を喧伝《けんでん》するのは自重するよう要請した。しかし、予算委員会で質問に立ったとき、すでに玉川は毒ガスの素性について情報を得ていて、本心ではロシアの凶行だと推測していたのかもしれない。そんなことを考えながら、真野は樽見とともに総務省に向かい、そこで小さな打ち合わせ用の部屋に通された。

「政治資金規正法について、詳しく訊きたいとのことですが――」

総務省の課長代理は、もの柔らかな語り口だった。

「たとえば、の話なのですが……」奥歯に物が挟まったような言い方だと自分でも思いながら、真野は切り出した。「企業が個人の名義だと偽って献金していた場合、政治家、あるいは、秘書は罪に問われるのでしょうか？」

「個別の判断は、わたくしどもにはできかねますが――」

と前置きして、課長代理は有罪になった例として、建設会社の幹部と国会議員秘書など計五人が立件され、裁判では四人が執行猶予付きの禁錮刑、ひとりが略式手続きによる罰金刑となった事件を取り上げた。この事件では、幹部社員らが政治家に寄附していたが、賞与の形で寄附分の穴埋めを会社側がしていて有罪となったのだ。

「それでは、一般論として、寄附をする側だけが違法性を認識していた場合、政治家や秘書は処罰されるのでしょうか？」

一般論という単語を真野は強調した。

「多分、無罪だと思われますが、違法性を本当に認識していなかったのかは、争点になるかもしれませんね」

「では、寄附された時点では違法性は認識していなかったが、その後、違法性に気づいた場合は、どうなるでしょうか?」

「そこまで具体的なことは、わたくしどもとしてはお答えを差し控えさせていただきます──ただし、わたし、個人としては、気づいた時点で寄附された企業に返金するほうが無難だと思います」

「そうですか。大変、勉強になりました──樽見、お前のほうから訊いておきたいことはないのか?」

　真野は促した。しかし、樽見は遠くを見るような目でなにかを考えているようだった。

「おい、どうなんだ?」真野は耳打ちした。「岡山に帰って、瑞紀さんに説明するのは、お前なんだから、不明なことがないようにしておけよ」

「いやいや、無理」樽見は激しく首を横に振った。「まのっちが瑞紀ちゃんに話してよ」

「おれはこの件で岡山まで行く気はないぞ」

「そこをなんとか。ぼく、子供だから上手く説明できないよ」

　真野と樽見で見解がわかれているなか、向かいの席から遠慮がちな咳払いが飛んできた。ふたりは取り急ぎ挨拶を終えて総務省を出てから、路上で先ほどの延長戦を繰り広げた。

「おれが行くのは、時間とお金の無駄だ」

「でも、ぼくだけでは瑞紀ちゃんを説得できなくて、結局、まのっちに登場を願うことになるよ。それなら、最初から真打ちがお出ましになったほうが早いよ」

「そうか……わかった——善は急げだ。これから行こう」

真野は地下鉄の駅に向かおうとした。

「いやいや、それは——」

「早いほうがいいだろ」

「その……あ、そうだ。今からだと遅くなって、東京に帰る新幹線がなくなるから、明日にしようよ」

「お前のアパートがあるだろ。一昨日も泊まった」

「昨日、ベッドが壊れたから」

「それなら、ふたりで雑魚寝《ざこね》するだけだ」

「岡山、昨日から寒波が来ているから、雑魚寝では……」

「そ、そうなのか……じゃあ、明日にしよう。おれは朝イチの新幹線で岡山に向かうよ」

怪しい。なにか、隠しごとをしている。

真野は疑ったが、そのような素振りを見せないで、樽見とともに地下鉄の駅へと降りた。

「お前は、今日、岡山に帰るんだろ？　赤い印の丸ノ内線に乗って東京駅に行けばいい。何度か行ったこと、あるだろ？」

「うん、そうだね」

「じゃあ、おれは千代田線だから——あ、おれ、昼メシがまだだから、帰る前に牛丼を食べていくか」

樽見と別れる振りをして、真野は柱の陰に隠れて様子をうかがった。樽見は立ち止まって、なにやらスマートフォンを操作した。そして、しばらく画面を見てから、きょろきょろしながら、どこかに向かった。

　やはり、おかしい。いつもなら、「牛丼？　じゃあ、ぼくも」と言ってついてくるのに……。

　訝しんだ真野は、ばれないように少し距離を置きながら、樽見を追いかけた。頭の隅を過ったのは、頭髪をポマードで固めた玉川の顔だった。玉川は、樽見が気に入ったようだった。そして、樽見を食事に誘った。もしかして、樽見は玉川と接触しようとしているのではないだろうか。樽見は将来の進路を決めていない。玉川の誘いに乗り、あわよくば、玉川の秘書に収まろうと目論《もくろ》んでいるのではないか。

　瑞紀であれば、野党の秘書が与党の議員に鞍替えするなど許せない、裏切り者め、と罵るかもしれない。しかし、秘書が与野党の間で移籍することは少なからずあることだ。政治的信条が変わることもあるだろうし、生活のため、ということもありえるのだ。だが、もし、樽見が玉川の誘いを受けるのなら、何年も同じ釜のメシを食った仲なのだから、相談くらいして欲しいとの思いが真野にはあった。

　樽見は、丸ノ内線ではなく、日比谷線に乗り、秋葉原で降りた。

　家電製品を買いに来たのか。いや、樽見は、岡山で入手が困難なものは通信販売で買い、届け先を事務所にしていると、瑞紀から聞いたことがあった。また、購入したものだけをアパートに持ち帰り、通信販売の段ボールを事務所に放置しているので閉口しているとも瑞紀は愚痴っていた。

では、なぜ、秋葉原へ、と疑問に思ったとき、玉川が話していた肉の店がこのあたりだということを真野は思い出した。

間違いない。

そう思ったとき、前を歩く樽見に駆け寄り、腕を摑んでいた。

「え？　なに？」

素っ頓狂な声を樽見が上げた。往来の人々が、なにごとかと、じろじろ見ている。

「なんだ。まのっちか――」樽見から安堵の息が漏れた。

「驚かせないでよ。で、どうしたの？　帰ったんじゃないの？」

「お前の様子が変だったから――」

「ぼくを尾行していたの？　最悪」と、ため息をついた。「でもさあ、瑞紀ちゃんには言わないで。お願いだから」

樽見は両手で拝んできた。

「いや、瑞紀さんにこそ話すべきだろ。玉川のところで世話になると仁義を切っておかないと、あとあと面倒なことになるぞ」

「玉川？　どういうこと？」

きょとんとしながら樽見は首を傾げた。

「玉川と肉を食べにいくんだろ？　それで、ゆくゆくは玉川の秘書になるつもりなんだな？　個人的には、与党の玉川の秘書なんて、という思いはある。でも、樽見には樽見の事情があるだろうから、止めることはしない。だけど、瑞紀さんには、きちんと事情を話せよ。それが、けじめ、というものだ」

「なに、勘違いしているんだよ。腹筋が崩壊しそうだ」

腹痛を起こしたかのように腹をさすりながら、樽見が大笑いした。

「じゃあ、なんで東京駅に向かわないで、秋葉原にいるんだ」

涙を流しそうになるほど笑う樽見に真野は苛立《いらだ》ちを覚え、突っ慳貪な口調で訊いた。

「ひとに会うためだよ」

「やはりな。玉川だろ。そうでなければ、玉川の秘書か？」

「違う、違う。あんなむさ苦しいオッサンになんて、会わないよ。ぼくが会いにきたのはメイドさん、メイド喫茶のかわいこちゃん――でも、瑞紀ちゃんには内緒にしておいてね。議員宿舎と議員会館の片付けのあとでメイド喫茶に行ったと、つい、瑞紀ちゃんの前で口を滑らせたら、いやらしいとか言って軽蔑の眼差《まなざ》しを向けられたので、もう二度と行かないと約束しちゃったんだよ」

と、樽見は、もう一度、両手で拝んできた。

樽見は、岡山のメイド喫茶には何度も行ったことがあり、こんなものか、と、飽きていた。しかし、先週、議員宿舎と議員会館の事務所の片付けに駆り出された帰りに秋葉原に行ったときに、自分はまだメイド喫茶のイロハのイの字も知らないのにメイドさんたちへの情熱を失っていたと痛感した。そして、二度と行かないと瑞紀と約束したにもかかわらず、再度、東京に行ってメイド喫茶を巡る機会をうかがっていたのだ。

ひとの嗜好《しこう》に口出しはできない。自分の金で違法性のない遊びをするのであれば、好き好きにすればいい。というか、荒岩を亡くして以降、心の隙間を埋められないでいる真野には、情熱を傾けられるものがある樽見が羨ましくもあった。

「くれぐれも、メイドさんに嫌われるようなことはするなよ。あと、最終の新幹線までには引き上げろよ。泊まるところがなくて、おれのアパートに転がり込んできたら、一晩中、メイドさんの考察を聞かされるはめになりかねないからな」

と軽口を叩いて、真野は樽見と別れた。

最終の新幹線までには帰ったのか、樽見が宿を求めてくることはなく、翌日、真野はひとりで岡山に向かった。

岡山の後援会事務所ではクレームの電話は収まって静かになっていたのだが、瑞紀との交渉は騒がしいことになってしまった。

「なんで、一度、寄附してもらったお金を返還しないといけないのよ」

「違法性があるから仕方ありません——すでに使ってしまった過去の献金は無理でも、現在、残っているお金は返金するべきです」

と真野が正論を訴えても、瑞紀は聞く耳を持とうとしなかった。

樽見はおろおろするだけで、援護射撃は期待できない。もし、樽見がひとりで瑞紀に対《たい》峙《じ》していたなら、三分も経たないで白旗を掲げていただろう。

「黙っておけば、ばれないわ」

「玉川先生は知っています。もし、提出した収支報告書に該当する寄附がそのまま載っていれば、あのひとなら告発するでしょうね」

「そんなこと、やってみないとわからないわ」

「確実にやってきます。予算委員会では、陰険なやり方で荒岩さんのイメージを壊しにきたのです。野党を少しでも貶められるのなら、躊躇はしないはずです」

「そもそも、なんで玉川のところなんて行ったのよ」

と瑞紀に睨みつけられた樽見は頭を掻くだけだった。

「樽見としては、荒岩さんの敵討《かたきう》ちだと思って、玉川先生のところに行っただけです。気持ちとしては、赤穂浪士《あこうろうし》の討ち入りだったのかもしれません」

「で、返り討ちに遭ったんだから、目も当てられないわね——だいたい、なんで、わたしに相談しなかったのよ」

独断専行に走った樽見に非はあるかもしれない。だが、事前に瑞紀に意見を求めていたら、多分、遠慮なくやっつけてきなさい、と樽見を焚《た》きつけていたのではないかと、真野は推測していた。

「だいたい、あんたがいながら、なんで樽見くんを止められなかったのよ」

「止める暇なんて、ありませんでしたよ」

戦局は真野の防戦一方になっていた。それは、昨日、頭のなかでシミュレーションした結果と同じだった。

このままでは瑞紀に押し切られてしまう。

真野は最終兵器の使用の決断を下した。

「もし、荒岩さんが生きていたら、どうしたでしょうか？」ぽつりとこぼした言葉には、瑞紀を黙らせる効果があった。

「荒岩さんなら、この寄附金、先方に返すと判断するのではないでしょうか？」

言葉が瑞紀の心に染み入るように、真野はゆっくりと話した。

「でも……でも、お父さんは、もう、いないの。荒岩光輝後援会も終わりになるの」

「おっしゃる通りです。ですから、わたしたちも別々の道を歩んでいくことになります。だからこそ、荒岩さんの心を引き継ぐ思いだけは、一緒であるべきではないでしょうか」

「そうかもね……」

か細い声で応えたきり、瑞紀は沈黙した。

真野はお湯を沸かして、コーヒーをドリップした。事務所中にほろ苦い香りが漂った。

「さあ、ひと休みしましょう」

真野は瑞紀と樽見にコーヒーを渡し、自分でも香りを楽しんだ。

「あと、なにかあったときのために」

と、真野はポケットから名刺入れを取り出し、昨日、役所で対応してくれた課長代理の名刺を瑞紀のデスクの上に置いた。

「へえ、マイクか……」

瑞紀の独り言がこぼれ落ちた。

「マイク？　なにが？」

「ほら、この名刺、裏の英語表記では、マイク——エム、アイ、シーって」

「ミニストリー・オブ・インターナル・アフェアーズ・アンド・コミュニケーションズ——総務省の英語表記の略称だよ」

鼻高々で樽見が講釈した。

「あんたは反省していなさい」

瑞紀が樽見を睨みつけた。

「なんだっけ……マイク……最近、問題になっていた気がするんですよね」

真野は顎をさすった。

「街宣車のマイクの調子が悪いとか？　あの街宣車、すでに市議会議員の候補者に格安で譲るってことになっているんだから、気にする必要はないわ。マイクぐらい、新しく買ったらいいのよ」

「マイクの調子が悪いの？　機材担当のぼくとしては聞き捨てならないなあ」

「いや、樽見、街宣車のマイクの調子が悪いってことはないんだ」

「本当に？　マイクにノイズがのっているのなら、配線が切れかかっているのかもよ。ぼくに任せれば、万事、ＯＫ」

「いや、寄附の件、あんたに任せていたから、ＯＫじゃないことになったんじゃないの」

瑞紀の頬が膨らむ。

「そんな顔をしていたら、美人が台無しだよ」

「お世辞を言っても、なにも出ないわよ——深刻な顔をして、どうしたの？　歯が痛いの？」

瑞紀が真野の顔をまじまじと見た。

「マイク……にノイズ……」

「ぶつくさ言ってないで——」

「あっ」

大きな感嘆符を真野が発した。

「なによ。驚かせないで」

「ごめん――『国会のトマホーク』の最後の質疑がわかったかもしれないので、つい、大きな声を」

「お父さんの最後の質疑？」

疑問符が瑞紀の表情の上で揺らめいている。

「正確には、最後の質疑のヒントがわかっただけです」

「どういうこと？　話がまったく見えないわ」

「そうですよね――まずは」

と、議員会館の事務所を片付けているときに来たロシア人の話をした。

「岡山の居酒屋で再会したとき、彼が話していました――臨時国会を楽しみにしていてください。ある人物から連絡があり、とっておきの情報が入りました――と、荒岩さんに言われたと」

「ロシア人の話なんて、真に受けるなよ、まのっち」

樽見が苦々しい表情を見せた。

「どういう風の吹き回しなんだ？　あのときは意気投合していただろ？」

「あいつと親密にしていた過去のぼくを消し去りたいよ」

「なんで、変わってしまったんだ？」

「だって、荒岩さんを殺した毒ガスって、ロシア製だよね」

刑事が話していた通り、事件に使われた毒ガスについて昨日の夕方には報道され、インターネットを中心に、ロシアの組織が荒岩暗殺を実行したとの憶測が流れ始めていた。

「たとえ、ロシアの組織が荒岩さんの殺害に関与していたとしても、すべてのロシア人が悪人だとは限らないだろ」

「まあ、そうね——で、お父さんは、そのあと、なんと言っていたの？」

瑞紀は脱線していた話を元に戻した。

「いや、荒岩さんは言ってはいません。その後、何本か電話したとき、荒岩さんはメモを書き留めていて、それをロシア人は見たのです」

「多分、お父さんのことだから、すぐに破り捨てたと思うから、見たといっても、一瞬だよね。それに、カタカナだらけで、意味がわからないかも」

「そうなんです。実際、彼が読み取っていたのは、『マイクノイズ』、それだけです」

「二十数年間、お父さんのカナ文字を解読し続けたわたしでも、意味がわからないわ」

そうですね、と真野はうなずいて、賛意を表明した。

「それを聞いて、舞くのイズ、とか、毎、久野いず、とか、文字の組み合わせを考えましたが、わたしも解読できませんでした。でも、もしかしたら、解けたかもしれません」

「あ、そうか」

樽見が両手を叩いた。

「あんたまで、わかったの？」

「当たり前でしょ。簡単なことだよ。まだ、わかんないの？」

見下された瑞紀が悔しそうに顔を歪ませた。

「カラオケとかのマイクを連想したら、この問題は、一生、解けないの――エム、アイ、シーのイズ、『総務省のイズさん』というひとが、荒岩さんの質疑の鍵を握っているってこと」

またしても、樽見は鼻高々で講釈した。

「正解」

真野は樽見の回答に満足して、何度もうなずいた。

「でもさあ、ロシア人の言うことだから、当てにならないと思うよ。だいたい、総務省にイズさんっているの？　いたとして、どうやって探すの？」

「それに、そのメモが本当に国会の質疑に関わっているとも言い切れないし」

真野は顎をさすって思案した。

「案ずるより産むが易し」

瑞紀がパソコンで総務省のＷＥＢサイトを開いて、いたるところをクリックし続けた。

「そんなことをしても無駄だよ」

アイス、食べよ、と、樽見は冷蔵庫がある事務所の奥に消えた。

「ここまでわかっただけでも奇跡――」

「イズさん、見つけた」

瑞紀の声が煌めいた。どこに、と真野はパソコンのモニターをのぞき込んだ。

「幹部の名簿にあったのよ」

瑞紀の人差し指の横には、選挙部長　伊豆利明《いずとしあき》とあった。

「お手柄ですね。多分、このひとだと思います――さて、ここから、どうすべきか……」

真野が考えを巡らせる前に、瑞紀は動いた。

「総務省ですか？　選挙部長の伊豆さんをお願いします。あ、わたくし、先日、死去した衆議院議員の荒岩の後援会で副事務局長をしています荒岩瑞紀と申します」

と、総務省に電話をかけていたのだ。

「別人だったら、どうするんだよ……」

真野から嘆きが漏れた。

「違っていたら、ごめんなさいって謝るだけよ」

瑞紀は真野に応えたが、すぐに、電話の相手の対応を再開した。そして、受話器を置くと、真野に命じた。

「岡山でゆっくりしててもいいけど、月曜には東京に戻って」

「なんで、そんなことになるのですか？」

「簡単なこと。伊豆さんとのアポが取れたのよ――お父さんのこと、知っているみたいで、お悔やみの言葉も頂いたわ。週末は予定がたてこんでいるそうなの。だから、週明けの月曜日、夜の七時、絶対に遅れないでね」
電話中に書き取ったメモとともに、瑞紀はウインクを真野に贈呈した。

第三章

伊豆

就職活動に本腰を入れないといけないのに、総務省の伊豆との約束のことが気になり、週末を無為に過ごしてしまった真野は、月曜日、瑞紀のメモに書かれていた場所、赤坂の雑居ビルに向かった。伊豆が指定したのは、四階にあるバーだった。約束の七時より早く着いたためか、店はまだオープンしていなかった。店の前で待っていると、約束の時間を五分ほどすぎて、きっちりと七三に分けられた髪型の男に「荒岩さんの秘書さんですか」と声をかけられた。よく見ると、頭髪に白髪が交じっていた。

「伊豆です——先に入っていただければよかったのに」

「まだ、開店時間ではないようで」

と真野に指摘された伊豆は、何度か、扉を開こうとしたが、バーは客を迎えようとしなかった。

「荒岩先生の秘書さんに会うのなら、ここで、と思っていたのですが……」

伊豆は落胆していた。同期の役人に荒岩を紹介されたとき、静かな場所があるので、と荒岩に誘われたのが、このバーだったそうだ。荒岩は居酒屋派だと思っていた真野としては、意外なことであった。

「それでは、わたしの行きつけの店へ——あそこも、ここと同様、静かな店ですから」

と伊豆が案内したのもバーで、カウンターしかなかった。ひとりしかいないバーテンダーは、水割りの注文を受けると、無言で仕事をして、無音でふたりの前に水割りのグラスを並べた。

「さて、どこから話せばいいのか」囁くような、小さな声だった。恐らく、バーテンダーが聞き耳を立てていた場合に備えてのことであろう。

「さっきのバーに荒岩先生と行ったとき、訊かれたのです。政治資金の寄附における不正還付が行われているという噂を聞いたことがないか、と」

「お恥ずかしい話、そんな噂、荒岩から聞いたことがありませんでした」

真野は生唾を飲み込んだ。イワンがのぞき見たメモは、「さっきまで会っていた人物から連絡があり、とっておきの情報が入りました」という荒岩の言葉にそのまま繋がるものではなく、そのときの電話で連絡先として「総務省の伊豆」と書き留めたものだった。しかし、その伊豆がもたらした情報は特上だったのだ。

「噂話に毛が生えたようなことなので、秘書さんには黙っておいたのでしょう——先生のお話では、二世とか、三世の若手の経営者、あるいは、跡取りの重役のなかで、小遣い稼ぎとして、密かに行われているということでした」

政治資金の不正還付となれば、政治家が一枚嚙んでいるかもしれない。それを曝いて、荒岩は国会で取り上げようとしたのではないか、と真野は推測した。

「ですが、政治資金の不正還付など、できるのですか？」

「その可能性の有無について訊きたいというのが、その夜の荒岩先生からの要望でした」

日本の行政では、ありえない話だとの思いで、真野は小さく頭を横に振った。そして、伊豆の説明を聞いた。

伊豆は、二〇〇九年に大阪地方検察庁特捜部によって摘発された障害者郵便制度悪用事件を例として挙げた。厚生労働省の障害保健福祉部企画課の係長が上司の目を盗んで偽の障害者団体証明書を発行し、それを受け取った業者が不正に安くダイレクトメールを発送していたのだ。当時、真野は荒岩のところに来たばかりで政治のことは詳しくなかったが、厚生労働省の局長が関与していたとして逮捕され、のちに冤罪《えんざい》が立証されたことで話題になり、真野の記憶にも残っていた。

「あの事件以来、霞が関――中央省庁では、判子の管理が厳しくなりましたので、類似する事件は起こっていません。ですが、地方公共団体――都道府県庁などでは、もしかしたら、杜撰《ずさん》な管理をしている可能性があります」

「ということは――」

続きを真野は頭のなかで構築した。

政治家は、後援会の解散などの特別なことがない限り、一月から一二月までの政治活動の収支を収支報告書にまとめて、五月三一日までに提出しないとならない。そして、寄附者ひとりに一通、「寄附金（税額）控除のための書類」を作成し、政治家は役所に届け出る。役所で捺印《なついん》されて戻ってきた書類を政治家はおのおのの寄附者に送付する。これを受け取った寄附者は税務署に提出して税金の還付を受ける。

この制度を悪用して利益を得るには、どうしたらいいのか。

寄附金控除の手続きに携わっている役所に不正に荷担する者がいれば、簡単である。偽の「寄附金（税額）控除のための書類」を作成し、希望する犯罪者に配ればいいだけである。その書類をもとに、おのおのの犯罪者は税務署に申請する。

役所が書類を偽造するとは思っていないので、税務署では、すぐに書類を通し、犯罪者の銀行口座に還付金を送金するはずだ。

所得税の税率が高いひとでは、政治家に一〇〇万円の寄附をすると、約四〇万円の還付を受けられる。すなわち、本人の資産は六〇万円、減ることになる。それでも、自分の政治信条に合致するひとの政治資金として使われるのならと、寄附をするひとはいる。

もし、架空の政治団体に寄附したという書類が作れたら、寄附によって資産が減ることはなく、還付金を受けることで資産が増える。ひとによっては、一〇〇万円を寄附したという書類を偽造することで、四〇万円が手に入る。まさに濡《ぬ》れ手《て》で粟《あわ》である。

政治活動への寄附には量的制限が設けられている。

Aという人物がアという議員の後援会に寄附できるのは、年間、一五〇万円までである。しかし、イという後援会にも、Aは一五〇万円までであれば、寄附できる。

そして、Aは年間一〇〇〇万円までであれば、複数の後援会に寄附できる。

すなわち、年間一〇〇〇万円の架空の寄附をでっち上げると、最大で約四〇〇万円の還付金を騙し取れるのだ。

政党への寄附の枠を使えば、さらに多くの還付金を騙し取れるが、年間数千万円の寄附を行ったとするには、数億円の所得がないとつり合わない。そして、それだけの所得を得ているひとは限られるので、税務署に嗅ぎつけられるリスクが急増するだろう。

伊豆の話にあったように、若い経営者たちが小遣い稼ぎで行っている不正なのかもしれない。それでも、ひとりにつき、数十万円、ときには百万円以上の税金が騙し取られていることになる。もし、一〇〇人以上の者がその犯罪に荷担しているのなら、億の桁《けた》になるかもしれない。それも、毎年である。

なんてこった。

想像するだけで、ため息が水割りのグラスにこぼれた。

「荒岩は、ほかになにか話していたでしょうか？」

「いえ、それだけです――秋の臨時国会を楽しみにしていてください。特大の『国会のトマホーク』を披露させていただきます――と、笑いながら別れたのが、わたしとの最後になってしまいました」

そうですか、と応え、真野は丁重に感謝の意を述べて、伊豆と別れた。

アパートに帰っても眠れそうになかったので、真野はひとりで居酒屋に行って呑み直した。生ビールのジョッキがぬるくなるなか、真野は思考を深めた。

荒岩と学生が毒ガスで殺害された事件は、警察での捜査が続いている。マスコミでは、学生をターゲットとした事件ではなく、荒岩を殺害するために学生が使われたとの論調が多数を占めている。インターネットでは、それを超えて、ロシアの関与の噂がうごめいている。

真野としては、警察の一層の奮起を期待し、犯人が一刻も早く逮捕されることを祈るしかできないでいた。その一方、政治資金の不正還付を追いかけられるのは自分だけである。そして、荒岩の殺害が少しでも遅ければ、政治資金の不正還付が荒岩の『国会のトマホーク』としての最後の質疑となっていたかもしれない。すなわち、衆議院議員、荒岩光輝の最後の事件である。これを解明することが荒岩への手向《たむ》けになると、真野には思えてならなかった。

やって、やって、やり抜こう。

そして、真実を突き止められたら、荒岩に成り代わり、あとは司直の判断に、という台詞を決めるのだ——だれに対して宣言するのかは不明だが——。

深い決意を心に刻み込むと、真野はぬるくなっていた生ビールを一気にあおった。

独自調査

翌日、真野は高さ二四三メートルの東京都庁を見上げていた。

もし、本当に政治資金の不正還付が行われているのなら、確率的には、日本でもっとも大きな地方公共団体、東京都庁に疑いの目を向けるべきだと真野は考えたのだ。そして、東京都庁で政治資金規正法関係の事務に携わる選挙管理委員会に潜入し、情報の収集をすることを目論んでいた。

庁舎に入ると、一階の総合案内コーナーの係員に用件を訊かれた。

「わたくし、こういう者で」と名刺を差し出した。「このたび、独立して都議会議員を目指すことになり、後援会――政治団体を設立したいと思っています。そこで詳しい話を聞かせてもらいたいのです」

事前に考えておいた台詞を一気にしゃべりきると、ふっと短い息が漏れた。

「少々、お待ちください」

係員が内線電話をかけた。

われながら、うまくできたな、と真野は満足感に浸っていた。

多分、内線電話を終えた係員は、都の選挙管理委員会があるフロアに行くように指示するであろう。そして、真野は東京都選挙管理委員会の部屋への潜入に成功するのだ。あとは、昔に見た刑事ドラマに倣い、給湯室などの女性職員のたまり場を見つけ、彼女たちの噂話などに耳を傾け、羽振りがよくなった人物がいないか、聞き出すのだ。もし、そのような人物がいれば、不正還付に関わっている疑いがあるので、さらなる調査をする予定だ。

もう一度、頭のなかでシミュレーションをしていると、総合案内コーナーのすぐ脇のパーティションで区切られた小さな打ち合わせブースへと、係員に案内された。

「すぐに係の者が来ますので、ここでお待ちください」

え？　話が違う。目論み通りではない。

しかし、あとの祭りであった。ほどなくして、真野は、東京都選挙管理委員会の係長と都庁の一階の打ち合わせブースで名刺交換をして、その場で政治団体の設立に関するレクチャーを半時間ほど聞かされるはめとなった。選挙管理委員会に潜入するという自らに課したミッションは失敗したのだ。

係長の親切、丁寧な解説のお陰で、政治団体の仕組みに詳しくなっただけで、真野は都庁をあとにした。そして、近くで見つけた喫茶店でコーヒーの湯気を前に、なにをやってるのだ、と落ち込んでいた。

瑞紀と樽見には、総務省の伊豆とのことをまだ話していない。都庁での調査の成果とともに報告しようと思っていたのだ。それなのに……潜入調査、いや、ただ単に東京都の選挙管理委員会で職員たちの様子をうかがう、それだけのこともできなかった。こんなことでは、荒岩に成り代わって政治資金の不正還付の真相を突き止めるなんて、不可能である。

もう、無駄なことはやめて、就職活動に精を出すのがいいのかもしれない。自然と真野のこうべが垂れる。

「落ち込んでいるのですか？」

聞き覚えがある声が頭上からした。のっそりと頭を上げると、彫りの深い顔が目の前にあった。

「イワン・スミ……さん？」

「そうです。イワン・スミルノフです。覚えていてくれて光栄です」相変わらず、流暢な日本語だった。「岡山の居酒屋で会ったとき、スミルノフが覚えにくいのなら、イワンでいいですって、言いましたよね」

「そうでしたね、イワン……さん」

「イワン、それだけでいいです――なんだか、落ち込んでいるようですが、どうしたのですか？」

「いや、なんでも……」

ないです、と言いかけた言葉を真野は飲み込んだ。

なぜ、ロシア人はこんなところにいるのだろうか。選挙区の岡山であれば、知り合いにたまたま会うことは茶飯事ではあるが、東京ではめったにあることではない。岡山の居酒屋でイワンに会ったのも、偶然なのだろうか。それにしては、都合がよすぎる。尾行した上で、偶然を装って、その場に現れたのだろうか。しかし、なぜ、そんなことを……。スパイ……イワンはスパイなのか……。いやいや、そんなことはない。

真野は瞬時に否定した。

もし、イワンがスパイだとして、元秘書に、なぜ、近づく必要があるのだ。そんな必要、どこにもないように真野には思えた。

スパイなんて、自分とは別の次元の話であり、イワンに会ったのは、たまたまだったのだ。そうに違いない。それよりも、失敗に終わった調査である。もともと、荒岩のメモに『マイクノイズ』と書かれていたことをイワンが真野に話したことから、政治資金の不正還付の疑惑が浮上してきたのだ。イワンに話せば、なんらかの糸口が見つかるかもしれない。

「もし、お時間があれば、話を聞いてください」と席を勧め、イワンの分のコーヒーを注文した。

「実は、『マイクノイズ』の意味がわかりました」

真野は、総務省の英語の略称がＭＩＣであることをまずは話した。

「それは偉大な発見ですね」

「それで、総務省のイズさんに連絡を取ったのです」

真野は、伊豆との会話を手短に話し、予想される不正還付の手口を簡潔に説明した。

「あなたこそ、二代目の『国会のトマホーク』です」

イワンが絶賛して、握手を求めてきた。真野は力なく首を横に振って、それを拒絶した。

『国会議員でもないのに、わたしが『国会のトマホーク』なんて、おこがましすぎます――わたしはなにもできませんでした。都庁での調査を試みたのですが、手ぶらで帰ってくるしかありませんでした。伊豆さんから特上のネタを仕入れたのに、それを美味しく仕上げるための追加の情報をなにひとつ、自分では集められなかったのです」

「元気がないのは、そのせいですか？」

「まあ、そうですけど……」

「落ち込まないでください。落胆することはありません――多分、荒岩さんも、最初は、勝手がわからなくて、手間取ったはずです」

「はず……。それは、イワンさん、あなたの推測ですよね。荒岩は初めてでも上手くできたかもしれません。いえ、きっと、なんなくこなしたはずです」

「いえ、彼も苦労していました――違いました。苦労したと荒岩さんは言っていました」

イワンの言葉に嘘が混じっていると感じ、真野を惨《みじ》めにさせた。

こんな気持ちになるのは、もう、うんざりだ。

真野は冷めたコーヒーを一口、飲んだ。そして、席を立とうとした。

「そうだ」イワンが指を鳴らした。

「真野さん、約束を覚えていますか？」

「約束？　あなたとの？」

そんなもの、ないだろ、との言葉の代わりに真野は顔をしかめた。

「忘れたのですか? 岡山の居酒屋での約束です」

「どのような約束でしょうか?」

真野の頭のなかには、大きな疑問符が浮かんでいた。

「援軍が必要になったときは加勢しますと、わたしは約束しました。それを果たすときがきたのです。調査の加勢をします」

「ですが、こんなことをして、あなたには、なんの見返りもありません」

援助を申し出てくれたのだから、歓迎すべきことなのだが、真野はただただ困惑の表情を浮かべていた。

「加勢すると唐突に言われて、あなたは困っているのでしょう……。話していませんでしたが、荒岩さんには多大なる恩があるのです。これは、少ないかもしれませんが、恩返しなのです」

「お気持ちは受け取らせていただきます。しかし、素人が調査するなんて、無理なことなのです。それをわたしは痛感しています。不正還付の解明なんて、わたしたちにはできません。諦めましょう」

真野が唇を嚙むと、イワンは寂しそうな青い目で見つめてきた。

「そうですか……そうですよね……でも……」

「でも?」

真野は訊いた。

「荒岩さんは、なんと言うでしょうか。もし、荒岩さんが生きていたら——これは絶対に無理だ。悪足掻《わるあが》きはやめて、さっさと降参しよう——わたしが知っている荒岩さんは、そんな弱音を吐くことはありませんでした」

「たしかに、荒岩は、そんな弱音を口にすることはないでしょう——でも、わたしは国会議員ではありません。なにも権限がない、ただの元秘書です。荒岩と一緒にされては困ります。荒岩だって、わたしなどと同列に扱うな、と天国で抗議していますよ」

「国会議員の権限があったから、荒岩さんは数々の政治的スキャンダルを曝けたのでしょうか？　それなら、ほかの国会議員でも、同じことができたはずです。ですが、『国会のトマホーク』は、荒岩さん、ひとりだけでした——国会議員だから、できたのではありません。荒岩さんだから、できたのです。そして、荒岩さんを目の前で見ていた真野さんも、それができるかもしれないのです。いや、荒岩さんをつぶさに見ていた真野さんには絶対に可能です。戦えます。そして、勝利を収めましょう」

イワンは冷静に、それでいて、胸の内《むね》にはマグマを宿しているかのように語った。岡山の居酒屋で会ったときには、感情を剥き出しにすることもあり、今とは別人のように真野には思えた。もしかしたら、あのときはアルコールが入っていたからかもしれない。

いずれにせよ、イワンを説得しないと、ずるずると無駄な調査を続ける羽目になりそうなので、真野は言い訳を探した。

「おだてないでください——なにより、戦おうにも、わたしには武器がありません」

うなだれて、真野はゆっくりと左右に頭《かぶり》を振った。

「武器があったら、戦うのですか？」

「まあ、それなら……」

戦う意志はなかったが、会話の流れに逆らえず、そう言うしかなかった。

「それでは決定です」

イワンの声が弾んで、喫茶店の他の客を、なにごとか、とざわつかせた。

「え？　どういうことですか？　わけがわかりません」

混乱した真野の首が傾いだ。

「わたしという武器があるではないですか」

真野の前で、ロシア人は自信に満ちた笑顔で腕を組んでいた。

喧嘩別れ

アパートに帰り着いた真野は、炬燵《こたつ》兼用のテーブルの上のスマートフォンをぼんやりと眺めていた。

瑞紀からは、昨日から、何度も電話がかかっていたが、真野は出なかった。用件はわかっている。総務省の伊豆と話した内容を知りたいのだ。その証拠に、メールやショートメッセージも入ってきていて、同様のことを問い合わせてきていた。イワンによって、少しは進展の兆しが見えたが、昨日から一度も報告をしていなかったので、真野は気まずくなっているのだ。

とりあえず、メールを送っておくか。メールならガミガミ言われる心配はない。

テーブルの上のノートパソコンを開き、文書の素案を練ろうとした。しかし、名文どころか、小学生の作文程度の文章も浮かんでこなかった。多分、イワンの調査が上手くいく目処が立っていないからだろう。

とりあえず、一服してから考え直そう、とインスタントコーヒーを準備しにキッチンに立とうとしたところに、スマートフォンの呼び出し音が不意に鳴った。慌てた真野は、着信者の表示を見ないまま、電話に出てしまった。

「あんた、何度も電話をかけているのに無視するなんて、偉くなったものね――」

腕を一杯に伸ばしてスマートフォンを遠ざけても、瑞紀のがなり立てる声が真野の表情を険しくさせ続けた。暴風雨が止むのを待ってから、真野は出任せ混じりの謝罪をした。

「すみません。昨日は疲れてしまって、アパートに帰り着いた記憶もないほどだったのです」

「で、今まで寝ていたの？」

その声には無数の棘が生えていた。

「いえ、今日は朝から外出していて、さっき、帰宅したところで」

「その間、五分、いや、一分ほども、わたしに電話する暇はなかったの？　電車のなかでメールするくらい、できたはずよ」

断定されても……それに、口やかましく言われるのがわかっていたから連絡しなかったわけで……。

と、正直に話すこともできず、真野は平謝りを続け、瑞紀の小言は、じめじめとループしていった。


「ふう」瑞紀が長いため息をついた。「あんたと話していたら切りがないわ。じゃあね」

「えっと……」

突然、終了のゴングを鳴らされて、真野は言葉を継げなかった。

「どうしたの？　文句でもあるの？」

「いや、そうではなく……ご報告が……」

「なんの？」

「昨日、総務省の伊豆さんに会ってきたので――」

伊豆との面談の内容を報告し、さらに、都庁に赴いたことも話した。

「ということは、なにも進展してないの？　そんなことで、いちいち電話してこないで」

いや、電話をしてきたのはそちらだから……という台詞を真野はぐっと飲み込んだ。

「まあ、あんたがお父さんのことを敬愛してくれて、都庁にまで行ってくれたのは、まあ、感謝しておくわ。でもね――」

瑞紀がひと呼吸置いた。真野は瑞紀の次の言葉を待った。

「結果がすべてなの。あんた、昨日と今日の二日間は、なにもやっていないのと同じよ。あるかどうかわからない不正の追及よりも、職探しをしなさいよ。いつまでも無職のままではいられないわよ」

「いや、もう少し調査を続けてみようと考えています」

「都庁に行っても、なにも聞き出せなかったのに？　時間の無駄よ」

「ベテラン刑事や名探偵ではないから、荒岩さんが遭った殺人事件は解決できません。でも、政治資金の不正還付は解明しないとならないのです。荒岩さんが最後に手がけようとした質疑を完結させないといけないのです」

　真野は宣言した。瑞紀の返答はなかった。

「あれ？　瑞紀さん、聞いています？」

「聞いていたわよ」また、無音が続いた後、電話越しでも聞こえるほど大きなため息を瑞紀がついた。

「格好つけないで」

「え？　格好よかったですか？」

「そんなこと、ありえないわ――それに、あんたに不正還付を解明できるわけないわ」

　瑞紀が激しく横に首を振る様子を真野は想像した。

「ひとりでは無理かもしれませんが、助っ人がいれば、どうにか――」

「樽見くんに手伝いをさせるの？　彼、まだ、後援会の収支報告書で忙しいの。あんたのわがままに付き合わせないで」

「いや、そうではなく――」

瑞紀にはロシア人、イワン・スミルノフのことは「マイクノイズ」の件で話していたが、さらに詳しく彼の人となりについて、真野は自分が知る限りのことを説明した。

「そのひと、助っ人を買って出るって、暇なの？」

「戦争の影響で貨物船が動かないため、今は忙しくないみたいです」

「でも、あんたと同じ素人でしょ？　結局、あんたと同じように、都庁に行っただけで、なにも調べられませんでしたってことになるのが関の山よ」

瑞紀は鼻を鳴らした。

「仕事柄、調査は得意だと、本人は言っていました」

「本人の言葉なんて、あてにならないわ――それに、都庁の職員がシロだったとしても、政治資金の不正還付が存在しないってことにはならないわ。もしかしたら、埼玉県庁の職員が不正をしているかもしれない。神奈川県庁も調べないとならない」

「その点は大丈夫。彼の会社、全体が今、暇なのでマンパワーは有り余ってるそうです」

「で、請求書は、いつ、届くの？」

「そんなもの、届きませんよ」

「そんな馬鹿な。いくら暇にしているといっても、企業でしょ？　儲けることが正義じゃないの？」

「それは……」

荒岩に多大な恩義があるとイワンは言っていたが、真野自身も具体的な話を聞いていないので、口ごもるしかなかった。

「わかったわ――いや、わかっていない。というか、今の話、わたしは聞かなかったことにするわ」

「どういうことですか」

今、聞いていたではないか。

真野は抗議しそうになった。

「もしかしたら――いや、きっと、そのロシア人と一緒にいると、よくないことがあるわ。だから、ロシア人のことも、政治資金の不正還付問題も、総務省の伊豆ってひとも、なにもかも、わたしは知らない。そういうことにするの」

「そんなこと、起こるわけありません。安心してください」

「わたしの予感は当たるのよ」

予感だと？　では、父親が殺されたとき、予兆があったのか？　そんなこと、聞いていないぞ。

指摘する代わりに、はいはい、それではあなたの言葉を肝に銘じ、慎重に行動します、と、ぞんざいに応えて、真野は電話を切った。

深い息が漏れるなか、凪《なぎ》のような時間が訪れた。しかし、無風状態は長くは続かなかった。電話の呼び出し音が真野には瑞紀のがなり声に聞こえた。

「瑞紀さん、いい加減にしてくれよ……」

無視をしようかと思ったとき、スマートフォンの画面に「樽見」と表示されていること
に気づき、電話に出ることにした。もしかしたら、今しがたの言動を反省した瑞紀が樽見
に取りなしを頼んだのかもしれない。

「樽見、どうした？　お姫様のご機嫌は麗《うるわ》しくないのか？」

真野は軽口を叩いた。

「まのっち、ぼくと絶交したいのかな」

ナイフの刃で顔を舐《な》めるような声がした。

「どうした？」

「どうもこうもないよ。瑞紀ちゃんから、今、聞いたんだけど、イワンというロシア人と
親しくするようなら、まのっちとの縁を切るという――脅しだな」

「なんでだよ。わけがわからない。岡山の居酒屋では、ふたり、十年来の親友のように、
意気投合していただろ」

「あれは若気の至りというやつかもな。ぼくも大人になったものだと自分でも思うよ」

いや今でも若いだろ。というか、気取っているつもりだろうが、さまになっていないぞ。

「イワンさんと調査するのが気にくわないのか？　上手くいけば、荒岩さんの幻の国会質
疑が明らかになるんだ」

「そんな大切なことで、なんで、ロシア人なんかを仲間にするんだよ。まのっちも知っているだろ、荒岩さんの殺害に使われた毒ガスはロシアで作られたってこと」

「それとイワンさんは関係ないだろ。もしかしたら、本当にロシア人が荒岩さんを殺害したかもしれない。でも、それだけで、ロシア人、全員が悪者だと決めつけるのは間違っている。日本人でも、いいひと、悪いひとがいるように、ロシア人にもいいひとはいる」

「それで、イワンがいいひと、信頼できるひとだと、まのっちは証明できるの？」

「それは……」

言葉を濁すしかなかった。

それにしても、樽見に言い負かされるのは、いつぶりだろうか。

「だとしたら、イワンは信じられないひとってことだよね」

ぐうの音も出なかった真野は強硬手段を取った。

「じゃあ、秋葉のメイド喫茶のこと、瑞紀さんにチクるしかないな」

口にしてから、真野は後悔した。議論にまったく関係ない話を持ち出すのは反則ではないか。それも、瑞紀という第三者まで使っている。しかし、一度、口にした言葉を戻すことはできない。真野は自己嫌悪の沼でもがき苦しんだ。

「ああ、話してもいいよ。まのっちがイワンとの縁を切ってくれるのならね」

「今日、調査の協力のお願いをしたばかりなのに、そんなこと、できるわけないだろ」

自己嫌悪を隠すためか、真野は声を荒らげた。

「怒鳴ったら、ぼくが静かになると思っているの?」

冷静な声が剃刀《かみそり》の刃のように真野を切り裂く。

「うるさい。お前の指図は受けない。黙っていろ」

真野は電話を切って、樽見を黙らせた。

かけ直してくるかと思って待っていたが、スマートフォンは沈黙を守り続けた。自分から連絡を取ろうかと迷ったが、スマートフォンに真野の手が伸びることはなかった。

もともと、荒岩の告別式のあと、議員会館の事務所、議員宿舎、それと岡山のアパートの片付けを終えたら、樽見や瑞紀とは違う道を歩むことになっていた。それが数日遅くなっただけだ。

そんなことを考えながら、鳴らないスマートフォンを真野は見つめ続けた。

自首

「あの赤い服の女性のようですね」

イワンが小さく指さすと、真野は、わかった、と手でOKサインを出して、その女性が歩いていくほうへと向かった。

東京都庁の近くの喫茶店で偶然にイワンと再会した翌日から、毎日、土曜と日曜以外は、夕方に都庁へと真野は赴いた。そして、イワンとともに退庁してくる職員のあとを追いかけて自宅を特定し、夜中まで刑事のように張り込んでいた。尾行をする職員、監視対象は毎日替わった。イワンが言うには、彼らは都の選挙管理委員会に勤務しているらしい。

これが、イワンが真野を説得するために言った『武器』の成果であった。

どのようにして特定したのかは企業機密だとして、何度、訊いても、イワンは打ち明けてはくれなかったが、イワンの会社、ウラジオストック商会の調査能力は特筆に値すべきものであろう。

尾行を始めて最初の週末を挟んだ月曜日であるこの日、真野たちが尾行についた女性は、小田急線の四つ目の駅で降り、徒歩で一〇分ほど歩いて、二階建ての一軒家に入っていった。ここが自宅らしい。

家族と同居しているのだろう、帰宅前から家の電気はついていた。彼女が家に入るとすぐに二階の部屋にあかりがついた。そこが彼女の部屋に違いない。

真野たちは少し移動して、彼女の部屋がよく見える街灯の下に陣取った。

しかし、窓はカーテンで閉ざされているので、部屋のなかの様子は全く見えなかった。

「こんなことをしていて、成果はでるのでしょうかね」

イワンに聞こえるかどうかの声で、真野は独り言のように呟いた。

「彼女が政治資金の不正還付に荷担している可能性は低いでしょうね。彼女が荷担していたとしても、今夜はおとなしくしているかもしれません。もしかしたら、不正還付は都庁ではなく、埼玉県庁の職員が行っているかもしれません。あるいは、そんな不正、どこにもないのかもしれません。それとも、不正はあるが、わたしたちには見つけられないかもしれません──これは運次第かもしれませんね」

「運って……あなたや、あなたの会社の社員に無駄な時間を使わせてしまっています。こんなこと、もう、止めましょうよ」

「別に真野さんのためにやっているのではありません。社員たちは業務で様々な調査を行います。その訓練の一環なのです」

「ですが、社員、総出というのはやり過ぎでは？」

「前にも話したはずです。今は暇なのです。経営者としては、社員を遊ばせておくのはもったいないのです。社員の訓練には最適な時期です──ところで、岡山のお仲間さんは元気ですか？」

イワンが想定外の話を振ってきた。

「以前、居酒屋でご一緒させてもらった学生のことでしょうか？」

「そうです。確か、樽見さんでしたか？」

「樽見という名前で間違いはありませんが、仲間というのは間違いかもしれません」

「でも、あの夜の感じでは、仲がよさそうでした」

「それは、あなたが思っただけかもしれません」

真野は小さく鼻で笑った。

「そうですか……。わたしの勘違いだったのですね」

イワンの表情は暗かった。

「いえ、勘違いではありません」一瞬、誤魔化そうと思ったが、すぐに考え直し、真野は正直に話した。「一週間ほど前までは、仲がよかったのです」

「東京と岡山、ふたりの物理的な距離が問題なのでしょうかね」

「そんなことはないと思います。これまでも、一週間以上、会わないことはありましたが、そのときは、なんともありませんでした」

「では、どうして？」

それは……と、真野は言い淀《よど》んでしまった。

「ひとには、話せないことが少なからずあるものです。無理に聞こうとしたわたしがいけないのです。すみませんでした」

「いえ、あなたが謝ることはありません」

ひと呼吸置いてから、真野は樽見と決別することになった電話の件を説明した。

「欠席裁判のようで気が引けるのですが、正直、樽見が悪いのです」

「いえ、わたしにも悪いところがあったのでしょう。一度、彼と話す機会をください」

「お気遣い、痛み入ります。しかし、もう、終わったことです。遅かれ早かれ、わたしたちふたりは別の道を進むしかなかったのです――この話は、ここまでにしましょう」

真野とイワンの間に静寂が訪れた。大通りの車の音が遠くで聞こえていた。

しばらくして、ふたりが注視していた窓のあかりが消えた。五分ほど待っていたが、その家に動きはなかった。

「今夜はこのあたりで、お開きにしましょうか」

イワンはポケットからビニール袋を取り出し、なかに入っていた煙草の吸い殻をあたりにぶちまけた。

普通のひとなら、だれがこんなところにゴミを捨てたのだ、と苦情を言いながら、掃除をするところだろう。あるいは、放置するだけかもしれない。しかし、後ろめたいひとは違うとらえ方をすることもあると、張り込みの最初の夜にイワンが自説を論じた。だれかに監視されていて、その人物が夜通し煙草を吸い続けたのかもしれないと警戒し、普段とは違う行動を取ることもあるということなのだ。ちなみに、イワンは業務で調査をするとき、この方法で、何度か、調査対象の尻尾《しっぽ》を摑んだことがあるらしい。

翌朝、真野とイワンは、昨日、監視対象が降りた駅で待ち合わせた。興信所だと偽って、周辺で聞き込みをするのだ。素人の自分に務まるのかと、当初は心配したが、すぐに不安は解消された。わざと目立つ行動をして、監視対象に察知されるのが主な目的だとイワンに聞かされたからだ。煙草の吸い殻と同じように、監視対象に揺さぶりをかけるのだ。

同じ電車で来たのか、改札を抜けたところで、イワンの後ろ姿を発見した。

おはようございます、本日もよろしくお願いします、と朝礼のような挨拶を真野がすると、振り向いたイワンが小さな笑みを見せて右手の親指を立てた。

「どうしました？　なにか、いいことがあったのですか？」

「いいことではないかもしれませんが、有益な情報が入ってきたのです」

「不正還付の？」

真野の声が煌めいた。縦にした人差し指を口の前にやったイワンが声を潜めた。

「その件ではなく、荒岩さんのことです」

「今朝のテレビ・ニュースはひと通り見ましたし、電車のなかでネットの情報を漁りましたが、新しい情報はありませんでしたよ」

イワンに倣って、真野も小さな声で話した。

「当然です。ロシアの知り合いから聞いた話ですから、マスコミには出回っていません。警察にも、多分、一部にしか伝わっていない情報です」

なんで、そんな情報を知っているのだ、と訊こうしたが、真野は自重した。

選挙管理委員会の職員を特定した経緯もイワンは説明しなかったので、この情報の詳しい入手経路も秘匿するに違いない。もしかしたら、国の情報機関にイワンの知り合いがいるのかもしれないと、真野は本気で思い始めていた。

もし、そうであり、そのような組織が荒岩の死に関わっていたのなら、自分も危ない橋を渡りつつ、いや、すでに渡ってしまったのかもしれないとの危惧が真野にはあった。

しかしながら、真相に近づいていくことへの興奮が勝ってしまっているのか、あるいは、感覚が麻痺しているのか、真野は言葉を継いで、イワンに続きを促してしまっていた。

「で、どんなことを聞いたのですか？」

「例の毒ガスは中国のマフィアの手に渡っていて、それが荒岩さんの事件で使われていたことがわかったのです」

毒ガスの噴霧機能を持った無線機が事件に使用されたのだが、それは中国で作られていて、ほかに腕時計型やライター型の装置があり、それらのサンプルも入手は可能であると、イワンは付け足した。

「そんなもの、手に入るルートがあるというのが不思議です」

「まあ、ひとには言えないこともあるのです」

「ですが、毒ガスのサンプルなんて危険では？」

「さすがにガスは付いてきませんから安全です。ただし、そのルートに近づくこと自体は危険を伴いますけどね」

イワンは小さな笑いを添えた。

やはり、自分はロープが切れそうになっているつり橋を渡りつつあるのか、と危険な香りが漂った気がしたが、真野はそれを笑い飛ばそうとした。

「これでロシアが犯行に関与していないことは、はっきりしましたね」

しかし、上手く笑えなかった。

「いえ、中国で作られた無線機をロシア人が入手した可能性はあります。いずれにせよ、わたしの手には負えない事件ですね」

そうですよね、と唇を嚙んだ真野の携帯電話が鳴った。真野は発信者を確認した。瑞紀であった。すみません、と片手で拝んで、真野は電話に出た。

「ネットのニュースを見たわよ」

瑞紀の声は飛び跳ねていた。

挨拶なしの瑞紀からの電話には慣れているつもりだったが、タイミングが絶妙だったせいで、真野は言葉を詰まらせていた。

「なんか言いなさいよ」

「いや……ニュースになっているとは知らなかったもので」

「一週間はこの話題で持ちきりになるわ。そして、あなたが陰の立役者ってこと、わたしは知ってるわ。もっと、喜びなさいよ」

「喜ぶことではありません」

「そんな謙遜《けんそん》、あんたには似合わないわよ」

瑞紀に囃《はや》し立《た》てられた真野は違和感を覚えた。

荒岩を殺した毒ガスがロシアではなく中国から入ってきたかもしれないというニュースに、なぜ、小躍りしなければならないのか、真野には理解できなかった。

「あの……ロシアのニュースは歓喜するようなことではないように思うのですが……」

「ロシア？　あんた、なにを言っているの？　もしかして、まだ、知らないの？」

「多分……。どのようなニュースなのですか？」

瑞紀がもたらしてくれるのは吉報なのだろうか。十中八九、瑞紀以外にはどうでもいいことであろう。真野はぬか喜びしないよう、心の準備をした。

「なんで、調査している当事者が知らないのよ——政治資金の不正還付の犯人が捕まったのよ——お父さんの代わりに、不正を追及してくれて……ありがとう」

瑞紀の電話はそこで途切れた。

なぜ、この今、政治資金の不正還付の犯人が逮捕されたのかという疑問と、素直に瑞紀が感謝を伝えてきたことに、真野の頭は混乱した。

希望

「どうしました？　なにか、あったのですか？　電話でロシアのことを話していたようですが——」

数回、イワンに肩を叩かれ、真野は言葉を取り戻した。

「犯人が逮捕されました……」

「荒岩さんを殺した？」

「いえ、不正還付のほうです」

真野は瑞紀との電話の内容をイワンに説明したあと、スマートフォンでニュースを検索し、イワンは社員に連絡をして、現状の把握に努めた。

速報が流れたのは、瑞紀から電話がくる数分前のようであり、捕まったのではなく、とある県の警察署に犯人が自首してきたようだった。インターネットのニュース・サイトでは、この一報を伝えただけで、詳細はまだ流れていなかった。

「とりあえず、担当した社員に連絡がつきました」

イワンが社員からの報告を説明してくれた。

都庁の選挙管理委員会の職員を、日々、真野とイワンは尾行し、昼間は近所で聞き込みをしていた。

それと並行して、近隣県の選挙管理委員会の職員をイワンの会社の社員たちが調査していた。そして、不正還付を行っていたと自首してきたのは、彼らが調査していた、とある県の選挙管理委員会の職員だった。三日前に尾行して自宅を特定し、その翌日、興信所だと偽り、自宅の近隣で聞き込みを行っていたが、疑わしいところはなかったと、イワンの部下は言っていたらしい。

「犯人を警戒させた結果でしょうね」

「そういうことになりますね」

「イワンさん、どうしました？　喜んでいないように見えるのですが――」

「真野さん、あなただって、お通夜のようです」

「そんなふうに見えますか？」

真野は自分の表情を確かめるように、手で顔をさすった。

理由はわかっていた。簡単すぎるのだ。半年も発売を待っていたゲームをやっと入手して、一週間は寝不足を覚悟したのに、一日目でクリアしてしまった感覚が真野にはあった。

「もしかしたら、わたしの気持ちと同じかもしれません——荒岩さんが立ち向かった謎を、わたしたちが、いとも簡単に解いたというのが釈然としないのです。これは、なにか新しい謎の始まりだと思えるのです」

「わかりますよ、その感覚」

真野は何度もうなずいた。

「ですが、実際の世の中では、映画やドラマのような展開なんてありません——これで終わりかもしれません。とりあえず、わたしは、一度、会社に帰り、社員から詳しい報告を受けようと思います」

「では、わたしは霞が関と永田町をまわって、情報を収集しようと思います」

ふたりは次の上りの電車に乗り、そこから、それぞれの目的地へと分かれた。

真野は、まず、総務省の伊豆を訪問したが、多用で夕方にならないと時間が取れないとのことだった。そこで、議員会館に赴き、知り合いの秘書や、秘書時代に付き合いがあった新聞記者たちを訪ねたが、インターネットのニュースより詳しい情報は得られなかった。

次に真野は、無駄になることは承知の上で、荒岩の事件を担当している刑事に会いにいったが、予想通り、担当でないので報道以外のことは知らない、とのことだった。ただし、収穫はあった。毒ガスの経路について、なにも知らないふりをして訊いてみたところ、刑事は口を濁してはいたが、中国のマフィアを疑っていると汲み取れるような発言をしていたのだ。

その後、イワンに電話して、情報の交換をした。そして、夕方になって、もう一度、総務省の伊豆に連絡をすると、マスコミからは、まだ、流されていない情報を入手できたので会いましょうと、誘われた。当然、真野は断らなかった。

呼び出されたのは、以前に伊豆と待ち合わせしたが、開いていなかった赤坂のバーだった。この店は、荒岩の行きつけであり、伊豆も荒岩に紹介されて行くようになったとのことだった。この日、黒い重そうな扉を押したが、開かなかった。しかし、引くと、すんなりと入ることができた。

カウンターしかないバーで、真野は水割りを注文した。伊豆はいなかった。約束の時間よりもかなり早かったのだ。バーテンダーは無音で水割りのグラスを置くと、カウンターの隅で口を閉ざした。密談には絶好の場所だと真野には思えた。

真野が知らないところで、荒岩は、伊豆などの役所の幹部や、マスコミなどから、夜な夜な情報を取っていて、それをもとにして国会で質問していたのかもしれない。いわば、『国会のトマホーク』の秘密を垣間見ているのだと、思いを馳《は》せ、真野は水割りのグラスに深い息を吐いた。

ほどなくして、店の扉が開き、伊豆が現れた。

「遅くなりました。打ち合わせが長引いたもので——水割りをお願いします」

お元気でしたか、といった、たわいのない会話を交わした後、真野は潜めた声で切り出した。

「マスコミ情報では、県の職員が自首してきた、ということ以外、なにも伝わってきていないのですが――」

「政治資金はわたしどもが所管しているということで、警察からかなりの情報が入っています――まずは――」

と、伊豆が囁き始めた。

自首してきたのは鈴木清志《すずききよし》、三九歳、県の選挙管理委員会の職員である。

五年前、二〇一八年の秋、選挙管理委員会に異動になって六か月ほどが過ぎた頃、昼間、三時間ほど、四歳の娘の行方がわからず、警察に相談しようとした矢先、自宅マンションの前で娘が見つかったことがあった。そのとき、娘は手紙を携えていた。

手紙は、政治資金の還付の書類を偽造しろと鈴木に強要し、次の連絡を待つよう指示をした上で、警察に通報することを禁じ、さもなければ、次に娘が行方不明になったとき、二度と娘の顔は拝めなくなるだろうと結んでいた。

鈴木は黙って連絡を待った。

差出人不明の手紙が送られてきたのは、一週間後だった。そこには、政治資金の不正還付の偽造作業が具体的に指示されていて、偽造した書類が出来たなら、マンションのベランダに黄色いタオルを三枚、並べて干せ、とあった。

犯人が命令してきた一三二通の偽造書類を作り終えた鈴木は指示通りにタオルを干した。

その三日後に、また、差出人不明の手紙で指示があった。

偽造した書類をマチ付きの封筒に入れた上で、新聞を購入してから、決められた時間に決められた喫茶店に行き、三〇分ほど、新聞を読んで時間を潰してから、店を出る。それだけのことだった。

ただし、喫茶店に行く前に購入した新聞はその場に置いていき、偽造した書類は新聞の下に隠しておけと、命じられていた。そして、鈴木は、命令を遂行し、娘が行方不明になることはなかった。

その後も、上司や同僚に見咎められることもなく、毎年、指示されるままに、偽造書類を作り、政治資金の不正還付への荷担を繰り返してきた。悪いことは、わかっていた。しかし、娘を守るために仕方なくやった。そのような旨の供述を鈴木は行っているとのことだった。

「ひとの弱みにつけ込んだ、なんて汚いことを……」

真野は唇を嚙みしめた。

伊豆は、なにか見えないものを見ようとするかのように、一点を見つめていた。

「犯人の手がかりは？」

「犯人からの手紙は保管していたようですが、ワープロで書かれていて、警察の捜査では鈴木本人の指紋しか検出できなかったようです」

「受け渡しの場所に指定された喫茶店で、不審な人物を見たひととかは？」

「一年に一回、それも、毎年、場所を変えていたので、鈴木の来店でさえ、店側は記憶にないようです」

「ここまでか……」

真野の肩が落ちた。

鈴木も、ある意味、被害者であり、真の犯人はきっと今ものうのうと暮らしていて捕まりそうもない。

ただ、伊豆の話のどこかに違和感があるように思えた。しかし、その根源がどこにあるのかはわからなかった。もしかしたら、中途半端な結末になったことへの落胆が原因かもしれない、と自分を納得させて、ひとつ、ため息をついてから、真野は伊豆に感謝を伝え、会計を済まそうとした。

「わたしは諦めきれません」

伊豆が、もう一杯、水割りを頼んだ。仕方なく、真野も追加の注文をした。そして、バーテンダーが新しい水割りを置き、カウンターの隅に待機するのを待った。

「しかし、警察でも、匙《さじ》を投げているのでは？」

「ですが、真野さんとわたしには、警察にはない情報があります」

「そんなもの、ありませんよ」

真野は力なく首を横に振った。

「本当にないのでしょうか？――この事件、荒岩さんが調査を進めていたのです。ですから、事件の幕を下ろすのは、『あとは司直の判断に委ねたく存じます』という台詞です」

「そうあって欲しかったです。しかし、あの台詞の主《ぬし》、荒岩は、もう、いません」

「ほかに、わたしたちの前にいない――姿を見せていない人物がいます」

「犯人でしょうか。しかし、犯人の手がかりはなにも――」

真野の言葉を伊豆が遮った。

「ないのでしょうか？　いえ、あります――思い出してください。荒岩さんの決め台詞が出るのは、いつも、どこでしたか？」

「それは……国会、予算委員会……」

「そうです。荒岩さんは、与党の政治家を追及し、その答えが出たとき、あの台詞で質疑を締めていたのです」

「ということは……」

希望がわずかながらに見えてきた。

真野は深く目を閉じた。

調査継続

政治資金の不正還付には、政治家――与党の議員の関与があった。いや、政治家が主導していたのではないか。だからこそ、荒岩が解明に動いていた。

総務省の伊豆のこの推論に真野は賛同した。しかし、ふたりとも、この不正の旗振り役の政治家が誰なのか、想像もつかなかった。

ただし、不正還付の書類を作成させられていた鈴木の住所などはイワンの部下が調べていたので、真野は知っていた。彼の足跡をたどれば、なにかが見つかるはずだと信じて、真野は翌日から動いた。ここからはイワンの助けを借りずに自分ひとりで調べるつもりだった。

しかし、思うようにはいかなかった。

すでにニュースで流れているため、フリーランスのジャーナリストを装って、鈴木の自宅の近隣で住人から話を聞くことは難しくなかったが、鈴木と政治家の接点は一向に見えてこなかったのだ。

夕方近くになって、もう少し、聞き込み調査をしたいとは思っていたものの、心の燃料が切れてしまったので、真野はファミリーレストランに入り、パンケーキとコーヒーをオーダーした。

注文の品を待っている間、ぼんやりと店内を見渡していると、聞き慣れた声がした。咄《とっ》嗟《さ》に真野は顔を背け、店の外の景色を見やっているふりをした。

「真野さん、こんなところで会うなんて、偶然ですね」

相変わらずの流暢な日本語だった。仕方なく、真野は立ち上がり、挨拶をした。

「イワンさんこそ、どうしてここへ？」

「掘り出し物の中古車があるとの情報を得たのですが、すでに買い手がついていました。真野さんは、どんな用件で？」

「それが……」

イワンには、昨日の総務省の伊豆との話し合いについて、警察からの情報のみ報告して、「これで調査は終わりにします。ありがとうございました」と伝えていた。不正還付に政治家の関与の疑いがあり、それを調査することは話していなかったので、ばつが悪かった。

「もしかして、不正還付の件を、もう一度調べているのですか？　たしか、捕まった鈴木の自宅は、ここから近かったはずです」

と言われた真野は正直に話すしかなくなった。

「まあ、とりあえず、座りましょう――」

席をイワンに勧めてから、昨夜の総務省の伊豆とのことを詳細に説明した。

「水くさいですよ。わたしに手伝わせてください」

「ですが、すでに多くの日数、社員の方も含めてお仕事を休んで調査をしていただいたのに、さらに手助けして欲しいというのは、さすがに、ずうずうしいので――それに、何日、いや、何年も粘っても、ネズミ一匹、出てこないかもしれません」

「日本には、乗りかかった舟、という言葉もあります。あなたの気がすむまで、やりますよ。いや、やらせてください」

「ですが、今、暗礁《あんしょう》に乗り上げて……」

沈んだ口調で、真野は調査の現状を話した。

「そうですか……。一度、ほかの切り口を試すのはいかがでしょうか」

「というと？」

「ほかの協力者、いや、脅されて書類の偽造をさせられていたひとを探すのです」

「ですが、伊豆さんの話では、鈴木は職場の誰にも話していなかったようです。いわば、書類を偽造するにあたっては、鈴木の単独犯ということです」

「たしかに、鈴木ひとりが偽造を行っていました――わたくしどものような小さな会社では、営業は営業、経理は経理と、同じ部署でずっと勤務することが多いです。しかし、公務員には異動がつきものです。わたしの会社でも役所に書類を提出しなければならないことが多いのですが、数年で担当者は代わってしまいます」

「そうか」

真野は手を叩いた。

「そうなのです。今は鈴木ひとりで書類の偽造をしていました。しかし、その前にも、鈴木のように脅されて、不正還付の片棒を担がされていたひとがいたかもしれません」

「その人物が異動になったため、新たに鈴木が脅された、ということですね――あっ……でも……」

真野の心が暗転した。

「どうしたのですか？　なにか、心配ごとでも？」

「企業秘密ということですが、現役の選挙管理委員会の職員をあなたは把握していました。でも、過去に在籍した職員となると……」

「ご心配なく。すでに調べています。現役ではなく、過去に選挙管理委員会に在籍していた職員が犯人かもしれないと思い、準備しておいたのです。まあ、彼らを調査の対象にする前に鈴木が自首したため、無駄骨になってしまったと思っていたのですがね」

イワンはにこりと笑った。

そんなこともしていたのか。準備がよすぎる。それに、こんなにも簡単に役所の人事ファイルが手に入るものなのか。彼はスパイかもしれない。

一度は自分で否定したことが、再度、真野の頭のなかでうごめきだそうとした。

「どうしたのですか？」

イワンが怪訝そうに訊いてきた。

「いえ、なんでもありません——それでは、お言葉に甘えさせていただき、もう少しだけ、ご協力をお願いします」

自分を納得させるように、そう言った。

「こちらこそ、よろしくお願いします——それでは、わたしは、あと一件、取り引き先との打ち合わせがあるので、それが終わり次第、帰社して、部下から、問題の県の選挙管理委員会に過去に在籍していた人物について、詳しい状況を聞きます。具体的な調査を行うのは、明日からになってしまいますが、よろしいでしょうか？」

あなたの会社の都合にあわせます、と応じ、とりあえず、真野はイワンと別れた。

夜、岡山にいる瑞紀に電話した。すでに、雇用関係は切れていて、上司と部下の関係は消滅しているのだが、調査を継続していることを内緒にしていて、あとから瑞紀の耳に入ってしまうと、いろいろ面倒になるかもしれないと思ってのことだった。

「――ということで、政治資金の不正還付の件、もう少しだけ、イワンさんと調査しようと思っています」

「なんで、そんなこと、いちいち、報告してくるの？　馬鹿なの？　あんた、もう、わたしとは関係がないの。荒岩光輝の秘書じゃないのよ」

いや、報告がなければ、この一〇倍、いや、一〇〇倍の罵声を浴びせるだろ。

真野は不平を我慢して聞いていた。

「――期待しないで、報告を待ってるわ。じゃあね」

素っ気なく、瑞紀は電話を切った。政治資金の不正還付で鈴木が自首したことを電話で伝えてきた瑞紀の「ありがとう」の言葉は、ただの気まぐれだったのだろうか。

真野は黙りこくった携帯電話を中指で弾《はじ》いた。

タッグ復活

翌日の昼過ぎ、鈴木が勤務していた県庁に真野はイワンとともに赴いた。

「今日は、お忙しいなか、お時間をいただき、ありがとうございます」イワンがロシアの通信社の特派員、真野が助手という設定だった。「彼の本国、ロシアでは、今回の事件に興味を持つひとが多くいるようなので、無作為で県庁の職員を選んでアポイントメントを取り、お話をうかがっているのです」

真野が切り出し、イワンが差し障りのない質問を続けた。ただし、無作為で選んだというのは嘘だった。過去に選挙管理委員会に在籍したことがある職員をピックアップしていたのだ。今回は調査の対象者が少ないので、以前よりも直接的なアプローチをしようと、イワンとの打ち合わせで決まった。そして、この取材には罠《わな》が仕掛けてあった。

総務省の伊豆から聞いた犯行の手口をもとにした質問も加えているのだ。初めての犯行のとき、一三二通の偽造書類を発行したと鈴木は供述している。しかし、三〇〇通の偽造書類を発行したようだと、イワンは嘘をつくようにしていた。偽造した数は報道されていないので、もし、不正還付に関与している職員なら、なんらかのリアクションがあると、真野とイワンは期待していた。

立て続けに三人の職員にインタビューをしたが、罠に引っかかるものはいなかった。

「今日はこのあたりで終わりましょう」

「まだ、時間はありますよ。それに、明日は文化の日、祝日です。調査は無理です」

真野は強がりを言った。しかし、正直なところ、なにも成果がなく、心が折れそうになっていた。

「鈴木が偽造するようになる前の五年間に選挙管理委員会から異動になった現役の職員は、今日、会った三人だけなのです。これ以上、遡《さかのぼ》るには、調べ直す必要があります。ただ、五年間も犯行がないのなら、鈴木が最初だったのかもしれません」

「ということは、もう、鈴木を操っていたヤツは見つけられないと……」

心がぽきっと折れる音が聞こえたように真野には思えた。

「諦めるには早いと思いますよ」

「ですが……」

真野の言葉はため息になって、沈んでいった。

ふと、「三〇〇通の偽造書類」という取材のときの台詞を思い出していた。三〇〇通の偽造書類を作成するには、どのくらいの時間が必要なのだろうか。あ、実際に鈴木が初めて作成した偽造書類は一三二通か……。と、真野は頭のなかで数字を弄《もてあそ》んでいた。

「そうか……」

真野はニヤリと笑った。

「どうしたのですか？」

イワンが怪訝な表情を見せた。

「やはり、鈴木の前任者はいます」

「それを信じて調査はしていますが、確信があるわけではありません」

「いえ、これは確定です——総務省の伊豆さんが言ってました。鈴木は最初の犯行のとき、一三二通の偽造書類を作成した、と。これを聞いたとき、なにかが引っかかっていました。しかし、その正体はわかりませんでした。ですが、今、それがはっきりしました。なぜ、一三二通だったのでしょうか？」

「それは、黒幕――真の犯人からそのように指示されたからではないでしょうか？」

その通りです、と答えた真野に、イワンは困惑で曇った表情を見せて、わからない、と言いたげなジェスチャーをした。

「イワンさん、あなたが犯人で、もし、こんな特殊な犯罪を初めてするのなら、お試しに数通の書類を偽造させるのではないでしょうか？　あるいは、切りのいい数字を指定するのではないでしょうか？」

「そうですね」とイワンの表情が晴れた。「それなのに、一三二通の偽造を要求した。すでに、真犯人の裏には、偽造の書類を必要とするひとが存在していると考えて間違いないでしょう。すなわち、鈴木が初めて不正還付の書類を偽造したときには、このシステムは存在していた。そうなると、必然的に前任者がいた、ということになりますね」

「ええ……」真野は唇を噛んだ。「ですが、ここまでです。わたしたちには、前任者を探す術《すべ》はありません」

「五年間で異動になった現役の職員は調べましたが――」

「もしかして……」

「そうです。まだ、退職した職員を調査していません。彼らの所在は、今、部下が調べています。多分、今日中には判明するでしょう。ですから、今日のところは、これで終わりにして、しっかりと休養を取ってください――その分、明日は休日ですが、がんばりましょうよ」

またしても、「部下の調査」とイワンは説明した。

イワンの部下は、透明人間なのだろうか。透明になって、だれに見咎められることもなく、書類を漁っているのだろうか。あるいは、透視能力を持っているのだろうか。やはり、スパイなのだろうか。

いや、そんなことはどうでもいい。もう、こんなことを詮索するのはやめよう。イワンやイワンの部下がなに者であったとしても、荒岩の最後の事件、政治資金の不正還付の解明に協力してくれているのは間違いないのだ。それだけでいい。

真野は、無理矢理、思考を停止させ、自らを洗脳しようとした。

「それでは、ゆっくり休ませてもらいます」

取り引き先に寄ってから帰社すると言うイワンと別れた真野は、帰宅後、瑞紀に一日の報告をしてから、早めに眠りについた。

翌日、イワンとの待ち合わせの場所に行こうとアパートを出た真野は、視界の端に気になるものを見かけた。そこには白のトヨタ・ヴィッツが停車していた。

日本中、どこにでもある光景のように思えるが、少しだけ風変わりなところがあった。サイドミラーが緑色なのだ。そんなヴィッツは荒岩の一台しか見たことがない真野は、訝しんで車に近づいていった。運転席のシートが倒されていて、そこにはアザラシのような巨体の男が横たわっていた。真野は運転席側に回って、窓を激しくノックした。

「ここ、駐車禁止ですよ。運転免許証、見せてください」

声色を変えて、命令するような厳しい口調で言った。

「えっ？　えっ？　お巡りさん？」運転席のアザラシが、はっとして、飛び起きた。

「ごめんなさい。すぐに移動しま……」

真野が噴き出していると、周囲を見る余裕ができたのか、アザラシは深い息をして、ドア・ウィンドウを下げた。

「まのっち……警察かと思ったよ……なんで、こんなところにいるんだよ……」

「それは、おれの台詞──休みの日になにをしに来たんだ？　樽見くん」

最後の「くん」を強調して、真野は他人行儀な振りをした。

「まのっちが調査を続けているって瑞紀ちゃんから聞いたので、助っ人として見参したでござる」

樽見はおどけて両手を結んで、忍者の真似をした。

「政治資金収支報告書の作成をほっぽり出して？」

「そんなことをしたら、瑞紀ちゃんに殺されちゃうよ──ぼくの作業は急ピッチで終わらせたから、あとは会計士さんの監査を受けるだけ。で、車があるほうが便利だろうからと、瑞紀ちゃんが貸してくれたこのヴィッツで岡山から高速道路を夜通し走って、今、まのっちの前にいるの」

「ありがたいが、すぐに岡山に帰ったほうがいいぞ」

「なんでだよ」

　樽見が頰を膨らます。

「瑞紀さん、お前には内緒にしていたんだと思うが、おれは、ひとりで調査をしているわけじゃない」

「ロシア人と組んでいるんだよね。瑞紀ちゃんからは聞いているよ」

「それなら、話が早い——今さら、イワンさんとのコンビを解消して、お前と組むわけに
はいかない。それに、イワンさんがいなければ、調査が進まなくなる」

「それなら、イワン、まのっち、それとぼく、三人で組めばいいんだよ。三人寄れば文殊《もんじゅ》
の知恵って言うからね」

「え？」真野は自分の耳を疑った。「わたしの記憶が確かなら、樽見くん、きみは言って
いましたよね。イワンは信じられない、と」

　真野はよそよそしさを装った。

「いやぁ、あれは若気の至り、ということで——」

「前にも、そんなこと言っていたよな」

「歴史は繰り返すって言うでしょ」

いや、そんな大袈裟《おおげさ》なものじゃないだろ。

真野はひとつ、ため息をついた。

「とりあえず、イワンさんに連絡してみる。それで、イワンさんが樽見を避けるようなら、この話はなしだな」

「イワンなら、きっと大丈夫。だって、岡山で呑んだとき、十年来の親友みたいに意気投合してたから」

樽見は笑みを見せながら親指を立てた。

第四章

佐藤

「樽見さんを歓迎します」

電話でイワンから、そう言われたとき、真野のなかでは、高校生のころに熱中したコンピュータ・ゲームで仲間が増えたときに鳴っていたファンファーレが聞こえていた。

その後、イワンと合流して、簡単な打ち合わせをした。この日は祝日のためイワンの部下が調べた調査対象者の自宅に赴くことになるので、車があるほうが便利だろうということで、樽見が運転して、助手席に真野、後部座席にイワンで移動することになった。そして、イワンの足が長いため、秘書時代と同じように、真野は助手席を一番前にスライドさせた。

また、三人で分かれて調査する場面も予想されたので、イワンが煙草のパッケージほどの小さな無線機を真野と樽見に渡した。

この日の最初の調査対象者は、七年前、結婚を機に県庁を退職した女性だった。車のナビゲータが案内した閑静な住宅地で三人は車を降りた。

「まずは、おれとイワンさんが行くので、周囲を見ていてくれ」

と樽見に指示して、真野は一戸建ての家のインターホンを鳴らした。

すぐに対象者とおぼしき女性が出てきたので、真野とイワンはフリーランスのジャーナリストを装って、玄関先で政治資金の不正還付について取材をする振りをした。しばらくして、子供の泣き声がした。彼女の子供がぐずっているのだろう。真野とイワンは丁重に礼を言って玄関を閉じた。

「どうだった？」

車の傍らで待っていた樽見に、真野は小さく首を横に振った。

「怪しいところはありませんでした」イワンが付け加えた。「十中八九、彼女はやっていませんね。はずれですね――まあ、当たりクジが入っているという保証などないのですが」

「そういうこと。期待しないで、次に行こう」

真野たちは車に乗り込んだ。

次に訪れたのは、マンション群の一角だった。

「今度は、真野さんと樽見さんにお任せして、わたしは聞き込みをしましょう」

と提案してきたイワンと分かれ、真野と樽見は三階の三〇七号室を探した。

ここだね、と樽見が顎で指し示した。表札には「佐藤」と記されていた。

「ぼくにインターホンを押させて」

「初めてだから、まずは横で聞いていろ」

不満の表情を隠さない樽見を見ない振りをして真野がインターホンを鳴らすと、「はい」と、すぐに男性のしわがれた声で応答があった。

「わたくし、真野と申します。フリーのジャーナリストです」

「ジャーナリスト？」

「週刊誌とかに記事を書いていまして——佐藤さんは最近まで県庁にお勤めになっていたとお聞きしたのですが——」

「もう、定年になって六年になる」

「それにしては、お声は若いようで」

なかなか上手いじゃないか、と言いたげに、樽見が真野の腕を小突いた。

「で、週刊誌にどんな記事を書くつもりなんだ？」

「先日、犯人が自首してきた、政治資金の不正還付についてなんですが、ご意見をお聞かせ——」

「あ、電話がかかってきた。帰ってくれ」

急に佐藤の語気が荒くなった。それきり、インターホンはうんともすんとも言わなくなった。

「訊き方が悪かった？　もう一度、インターホンを鳴らしたほうがいいんじゃないの？

ぼくが押そうか？」

樽見が気の抜けたことを訊いてきたので、真野は手を激しく振って否定した上で、樽見の腕を引っ張って耳打ちした。

「明らかに変だろ」

「いや、ぼく、初めてだから、なにが変なのか、わからないよ」

「大きな声を出すな」

「なんで？」

真野には、甲子園の阪神応援団くらい大きな声に聞こえた。

「佐藤が聞き耳を立てているかもしれないだろ」

さらに小さな声で囁いた。

「わかったよ」やっと、樽見の声のボリュームが絞られ、真野は小さな息を吐いた。

「で、佐藤ってだれ？」

「さっきまでインターホンで話していただろ——最初、佐藤は普通に受け答えしていたのに、不正還付の話を持ち出した途端に、電話がかかってきたので帰れと言ってきた。だが、電話の音など聞こえなかった。不正還付のことを話したくないからだろ？」

「そうか。なるほど——で、これからどうするの？」

「とりあえず、車のところに戻って、イワンさんと作戦会議だ」

と、真野は階段を下りていった。

マンションの来客用の駐車場所に車を停めていたのだが、そこにイワンの姿はなかった。

電話で呼び出そうしたとき、マンションの住人用の駐車場から戻ってくるイワンの姿が見えた。

「佐藤というひと、怪しいですよ」

開口一番、イワンは佐藤を疑った。

「会ったことないのに、なんで、そんなことを？」

真野よりも早く樽見が訊いた。

「マンションのほかの住人に聞いたところ、最近、中古車を買ったというのです」

「新車ならともかく、中古車を買っただけで疑うのは、どうなの？」

樽見が腕を組む。

「わたしも、中古車くらいと最初は思ったのですが、駐車場に見にいったら、不正還付に関わっていると確信しました――停まっていたのは、トヨタのセリカだったのです」

「セリカ？　トヨタの？　そんな車、あるの？　まのっち、知ってる？」

樽見に訊かれた真野は首を横に振った。

「十数年前に生産が終わった車です」

「そんな古い車なんて知らないよ――というか、やっぱり、ただの中古車だよね。そんな車、どうでもいいよ」

樽見が、佐藤の調査は終了、という言葉を付け足す代わりに両手をクロスして、×印の仕草をした。

「生産が終わったのは十数年前ですが、佐藤が購入したのは一九七〇年製のものです」

「一九七〇年？　え？　五〇年以上前？」樽見が目を丸くする。「そんなポンコツでオンボロな車、だれも買わないよ。というか、ただで譲ると言われても、熨斗《のし》をつけて返すよ」

「とんでもない。今、買えば、五〇〇〇万円以上します。オーナーが綺麗《きれい》に乗っていた車とか、レストア——新品同様に復活させた車なら、一〇〇〇万円以上の値がつくこともあります。ロシア国内でも、欲しいという引き合いがいくつも来ています」

「佐藤は定年退職した後、再就職は？」

真野が訊いた。

「部下の調査では、今は無職ということです」

「それなのに高価な車を買ったというのは、なにかあるように思えます——佐藤のマンションを訪問して、不正還付のことを訊こうとしたら、追い返されてしまいました。不審な行動だと思います。もしかしたら、佐藤はなんらかの犯罪に関与しているかもしれません。不正還付には関わっていないように思えます。還付金の書類を偽造していて自首してきた鈴木は脅されていました。すなわち、不正還付によって金品はもらっていなかったのです。ですから、鈴木の前任者がいたとしても佐藤とは違うのではないでしょうか？」

「真野さんの言うこともわかります。ですが、実は鈴木は金銭を受け取っていた、あるいは、受け取る約束をしていた、ということも考えられませんか？　娘のことで脅迫されていた、というのが狂言だったという可能性もあります」

「なるほど……では、どうしますか？」

「とりあえず、佐藤を監視するのはどうでしょうか？」

「刑事の張り込みのような？　なんか、わくわくしてきた——ぼく、あんパンと牛乳を買ってくるよ」

樽見が真野に頂戴の仕草を見せた。

「どういうことでしょうか？」

イワンの小首が傾いだ。

「日本の刑事ドラマでは、張り込み——見張るときには、あんパンと牛乳が定番なのです」と真野は答えた。「で、樽見はその軍資金をわたしに無心しているのです」

「それなら、わたしが——」

「いえ、樽見の小遣い程度は、以前、アルバイトで稼いだお金が残っているので」

真野は頭のなかで玉川から得た臨時収入の残高を計算して、まだ無駄遣いしても大丈夫との答えを算出した。

尾行

真野は車のなかにいた。

佐藤の部屋の玄関を監視するのに適した場所をマンションの裏手に見つけたので、車のなかに潜み、ずっと様子をうかがっているのだ。

イワンと樽見が戻ってきたので、運転席を樽見に譲った。秘書時代も運転は別の秘書がやっていたので、真野の運転はペーパードライバーの域を脱していないのだ。

「佐藤の様子は？」

イワンが訊いてきた。

「変わりありません——聞き込みの成果は？」

「佐藤夫妻は、ともに真面目なひと、という評判が多く聞かれました。あと、カラオケが好きで、今夜も仲のいいひとたちと夫婦でお店の予約を入れているそうです」

「ということは、夜までは動きがないのかもしれませんね」

真野は腕時計を覗いた。午後三時を少し回っている。

「それまでは交代で休憩しようよ。ぼく、お腹《なか》が空いちゃった」

「お前、さっき、あんパンを食べたばかりだろ？」

「あれは食べ物ではなく、張り込みのアイテム。お腹の足しにはならないの」

「なんて理屈なんだ……」

　真野がため息をついた。そのとき、車内に緊張が走った。三〇七号室、佐藤の部屋の扉が開いたのだ。男女、ふたりが出てきた。若くはないが、よぼよぼの老人というわけでもない。男は短めのロマンス・グレー、女は長めの髪で、白髪はない。ふたりとも、定年退職後、第二の人生を謳歌していそうな雰囲気だった。マンションの通路には肩のあたりまでのフェンスがあるため、ふたりの全身は見えないが、なにやら、荷物を運んでいるようだ。

「とりあえず、おやつはお預けだな――なにか重いものを持っているようですが、なんでしょうか？」

「わかりませんが、多分、車で運ぶのでしょう。駐車場の隅に車を移動させましょう――車ではない可能性もあるので、わたしはマンションの玄関付近で待機します」

イワンが車を降りた。真野と樽見は、車で駐車場に向かった。ほどなくして、駐車場に佐藤夫妻が現れた。ふたり、それぞれが重そうにスーツケースを運んでいた。

「海外旅行に出かけるのかなあ」

樽見が呑気《のんき》な声で疑問を口にした。

「今夜はカラオケのはず」

「じゃあ、本格的な衣装を着て歌うのかなぁ」

「そんなこと、あるわけない。もしかしたら、身を隠そうとしているのかも」

「なんで？」

「ふたりにとっては緊急事態なんだろうな」

真野はイワンに電話をかけ、状況を報告した。

佐藤達が車に荷物を積み始めた。ドアが運転席と助手席のところにしかないので、助手席を倒して、そこから後部座席へと大きなスーツケースを運び込んでいる。そのため、かなり時間がかかっていて、その間にイワンが戻ってきて後部座席に座った。

「それにしても古めかしい車ですね」

最近は角張ったヘッドライトの車が主流を占めているが、佐藤の車、セリカは丸いライトが左右にふたつ、ついている。その下では、鉄のバンパーがボディを守っている。

「ですが、美しいと思います」

イワンが言う通り、ボディの曲線には、今の車にはない麗しさがあった。

スーツケースをやっと積み終えた佐藤たちが車に乗り込んだ。

「追いかけましょう」

「そうじゃないでしょ」

佐藤の車がゆっくりと走り出したのに、運転席に座る樽見がイワンを否定し、真野たちを乗せた車は停止したままだった。

「なぜ、車を動かさないのでしょうか？　故障ですか？」

「運転手さん、あの車を追いかけてください——なにか、わけありだね。よし、追加料金はいらないよ。さあ、スピードを出すよ」

　樽見が発車させた。

「どういうことでしょう？」

　イワンの声は困惑していた。

「車を追いかけるときの常套句《じょうとうく》です。気にしないでください」

　真野は後部座席に振り返り、イワンに苦笑いを見せた。

「常套句ですか。もう少し、日本語を勉強します」

「いや、こんな言葉は覚えなくていいです」

「そうですか――でも、速度は控え目にしてください。あの車を見失うのもダメですが、目立ってしまって警戒されるのは、もっとダメです」

「ラジャー」

　と応えた樽見は下唇を噛んで軍人のように敬礼して、真剣な眼差しを見せた。

　大通りに出て、尾行は順調に進んだ。

「どうやら、空港には行かないようですね」

　イワンの言葉がきっかけとなり、車内には、ほっとした空気が充満した。

「温泉旅行に行くのかもね」

　樽見がイワンへと視線を流す。

「おい、信号。赤だ」

真野が強く警告を発した。樽見がブレーキを踏みつけたのか、真野は前に放り出されそうになった。シートベルトが真野の体をしっかりと受け止めた。

「よそ見をするからだぞ。危なかった」

前のめりになっている真野は深い息を吐いた。

「あっ」

樽見が短い言葉を発した。

「今度はどうしたんだよ」

「佐藤の車がいなくなった……」

「なんでだよ」

前方を見ると、真野たちの車が信号待ちの先頭にいた。先行車は、信号の先に行ってしまったのだろう。

「追いかけろ。多分、真っ直ぐに進んでいるだろうから、すぐに追いつけるはずだ」

真野の口調が強くなった。

「そんなこと、できないよぉ」

樽見の声が沈んでいく。交差点は、左右の道路からの車で溢れていた。信号が変わるまでは、交通法規を守り、待つしかなかった。

「どうするんだよ」

真野が声を荒らげた。

「まのっちが止めたんだよ。悪いのは、まのっち」

樽見の声に棘が生える。

「止まらなかったら、事故になるところだったんだぞ」

「そんなこと、わからないよ。ぼくの華麗なテクニックで、すいすいっと行けたかもしれない」

「お前の運転のどこに華麗さがあるんだよ」

「ペーパードライバーのだれかさんに言われる筋合いはない」

「ふたりとも、落ち着いて」

イワンが後部座席から割って入った。手には携帯電話を持っていた。

「落ち着けるわけありません。こいつのせいで、調査が台無しです。熨斗をつけて岡山に送り返しておけば、こんなことには――」

真野が鼻を鳴らした。

「友達のことを悪く言ってはいけません」

「こんなやつ、友達じゃない」

真野と樽見の声がハーモニーを奏でた。

「ほら。ふたりとも、こんなときでも息が合ってますよ――青信号です。運転手さん、真っ直ぐに進んで、ふたつ目の信号を左に曲がってください」

イワンは樽見に指示を出した。車がゆっくりと走り出した。

「なんで、左に曲がったとわかるのですか？」

真野は後部座席のイワンを振り返った。

「部下にも佐藤の尾行の指示をしたのですが、ここに来るまでに時間がかかって、間に合わないと思っていました。ですが、今しがた連絡があって、佐藤の車を尾行しているということです。セリカという珍しい車なので、わたしたちと合流する前に見つけたそうです」

と、イワンは自分の携帯電話を指さし、ウインクした。

イワンの会社では、四、五〇年前の日本車をロシアに輸出しようとしている。そのため、真野や樽見が知らないような旧車も、社内では共通言語のように認知されているのだろう。

「珍しい車ではありますが、たまたま、同じ車種が走っていたのかも——」

「今、車のナンバーを確認しました。佐藤の車で間違いありません」

「よし。では、すぐに追いつこう」

真野は樽見に指示した。

「いえ、急ぐ必要はありません。それよりも、作戦を練りましょう」

腕を組んでイワンが小さな笑みを見せた。

拉致

佐藤の車は視界にはなかった。しかし、イワンの部下が頻繁に連絡してきているので、どこを走っているのか、真野たちは把握できていた。

「女の子とふたりでのドライブだったらなぁ」

樽見が退屈そうにハンドルを切る。

景色のいいワインディング・ロードを車は走っていた。連休の初日ではあるが、紅葉には少し早いためか、対向車はほとんどない。

「予想通り、温泉に行くみたいですね」

真野は後部座席のイワンに話しかけた。

「予定通り、温泉に着く前に仕掛けましょう」

「本当にやるのですか？」

「今さら、なにを言ってるんだ」

樽見の口調は、真野を非難していた。

「だが、これからしようとしているのは犯罪行為だ」

「だから、イワンとじっくり話し合ったでしょ。今さら話をほじくり返さないで。それに実行するのはイワンの部下。ぼくたちは関係ない」

「それは詭弁《きべん》だ。もし、イワンさんの部下が逮捕されて裁判となれば、おれたちが共犯だと立証されるかもしれない」

「かもしれない。でも、立証されないかもしれない——やってみないと、わからないよ。それに、今、ぼくたちが動かないと、政治資金の不正還付の実態は不明のまま。それじゃあ、天国の荒岩さんに顔向けできないよ。たしかに、これからすることは許されないことかもしれない。でもさあ、だれかがしないと、本当の悪人をのさばらせることになるだろ。それなら、ぼくは喜んで罰を受けよう」

「本気で言っているのか？」

と訊くと、樽見は、運転席から真剣な眼差しを前方に向けながら、静かに、そして、大きくうなずいた。

いや、そんなことを言っていても、なんらかの想定外のことが起こったら、「ぼくは知らない。まのっちが悪い」と樽見は責任回避に懸命になるだろう、と真野は未来を予想した。今なら戻れる。イワンに計画の中止を求めればいい。その決断をするべきなのかもしれない。

しかし、このままでは、政治資金の不正還付の謎は解けないのも事実である。

「どうしますか？」

イワンが訊いてきた。前を向いている真野には、後部座席のイワンの表情は見えなかったが、多分、笑みはなかっただろう。

真野が逡巡《しゅんじゅん》していると、脳裏に瑞紀の顔が過った。彼女がイワンの計画に賛成しているのか、反対しているのか、表情では判断がつかなかった。

「わかりました。やりましょう」

真野が決断したのは、瑞紀の影を消すためだったのかもしれない。

イワンは部下に電話をかけ、作戦のゴー・サインを出した。そして、車を停《と》めるよう、樽見に指示した。路肩に停まった車のなかで、真野、樽見、イワンの三人はイワンの部下からの連絡を待った。いつもは饒舌《じょうぜつ》な樽見も黙りこくっている。

「遅いなあ。失敗したのかなあ」

樽見の呟きがこぼれた。

真野は腕時計を確認した。車を停めてから、まだ、一〇分も経っていなかった。

「とりあえず、連絡を待ちましょう。失敗したのなら、善後策を考えなければ――」

イワンの言葉を電話の音が遮った。真野と樽見が息を呑むなか、イワンが電話に出た。

「――わかりました」ひと言で電話を切ると、イワンは親指を立てた。

「第一段階は成功です。先に進みましょう」

と言われ、樽見が車を出した。

しばらく山道を走っていると、停車した車の横に佐藤たちが立っているのが見えた。車は、アンティークなトヨタ・セリカではなく、現代的な軽四輪に替わっていた。

山道のカーブを曲がって、佐藤たちの視界から見えないところで樽見は車を停め、真野を降ろし、その後、山道を逆戻りして、佐藤たちのところに向かった。

ほんの数時間前、真野は佐藤のマンションを訪問した。そのときは、インターホン越しの会話だけだったので、真野は佐藤の声しか知らない。しかし、佐藤は違っていた。佐藤のマンションのインターホンに小さなレンズが付いていたことを真野は覚えていた。あのインターホンには訪問者の顔を映し出せる機能があると思われる。すなわち、真野は佐藤に顔を覚えられていると考えて行動しなければならない。不用意に姿を見せられないのだ。

そのため、車を降りて、しばらくは無線機で様子をうかがって、状況によってはイワンの部下の迎えを待つことになる。真野は、不審な姿を見られないよう草むらに隠れて、イヤホンからの無線の音だけに意識を集中した。

「これから佐藤たちに接触するので、あなたとの通話はないと思ってください」

イワンの声が聞こえる。

「じゃあね、まのっち」

「作戦の成功を祈る」

樽見が好きそうな台詞で最後の会話を真野は締めた。

車のエンジン音が途切れ、扉を開く音が無線機から聞こえた。イワンと樽見が車を降りて、佐藤たちのもとに向かったのだろう。

「どうしました？　車の故障でしょうか？」

イワンが心配している演技をする。

「いえ、故障ではありませんので――」しわがれた男の声が返答した。「心配無用です――」

「実は車を盗られて――」

女性が訴えかけようとしたが、男の声が遮った。

「なんでもないです。どうぞ、行ってください。わたしたちは、もう少し、この景色を楽しんでいきますので」

「ここよりもいい眺めのところがあるよ。案内しようか？」

樽見の人なつっこい笑顔を真野は想像し、上手く演技してくれ、と祈った。いつの間にか、汗ばむ手を真野は握っていた。

「それよりも、車が盗まれたというのは――」

「そんなことはありません。ほら、ここに車はあります。妻は勘違いしているだけです」

イワンの言葉を遮って男が応える。その声には狼狽《ろうばい》の響きがあった。

「なんで嘘をつくの。あの車、高かったのでしょ？　すぐに警察に探してもらわないと」

「なにを言っているのだ。わたしたちの車は、この軽四だ」

男女が言い争っているのをイワンと樽見が取りなし続けた。やがて、男が降参して、事情を話し始めた。

この山道で軽四輪――ここに停まっている車を佐藤たちは見かけた。三角停止表示板、赤色で三角形の枠状の器具を車の後方に置いていて、ドライバーはエンジンフードを開けていた。佐藤たちは車を停めて事情を聞いた。

「オーバーヒートでしょうね。ちょっと、車を拝見——車のなかに手袋が入っているから、持ってきてくれ」

夫が車の様子を見ていて、妻が車から手袋を持ってくる間に、夫妻の車にドライバーが乗り込んで走り去ってしまった。軽四輪のキーはドライバー——犯人が持ち去っていたため、夫妻は山道で移動の手段がなく、途方に暮れていたのだが、そこに、イワンと樽見が通りかかったということだった。

五〇年前の旧車を購入するくらいの車好きなら、故障車を見かけたら心配して、まずは車を停めるはず、と推測したイワンが書いたシナリオ通りに佐藤夫妻は行動して、イワンの部下は、まんまと佐藤の車を盗んだのだ。

「なにをしているんだ？」

樽見が訊いた。

「故障したというのは嘘で、この軽四は鍵があれば、すぐに動くはずです——もしかしたら、スペアの鍵を隠しているかもしれないと思いまして」

男の声が返ってきた。

「タイヤの上に？　そんなところに置いていたら、もう、落ちてるよ」

「いえ、その上、タイヤハウスのなかです」

「いやいや、そんなところ、隠すわけないよ。というか、キーを置けないでしょ？」

「若いひとは知らないのでしょうかね——磁石付きのケースに鍵を入れておくのです。そうすれば、タイヤハウスの裏側に貼り付けられるのです」

「今でも売られていますよ」

イワンの声がした。

「へえ——じゃあ、ぼくも探すの、手伝うよ」

「手が汚れますから——」

「大丈夫、大丈夫。汚れたら、洗えばいいだけだから」

男の声を遮って、樽見が笑った。

その後、作業をしているのか、しばらくは真野が手にしている無線機からは声が聞こえなかった。

「ないなぁ」

「これから、どうしますか？　とりあえず、一一〇番に電話して、車を盗まれたと通報しましょう」

樽見に続いて、イワンが提案した。

「あれ？　電波がない」

携帯電話の電波が届いていないと樽見は言いたいのだろう。携帯電話が圏外なのは、わかっていた。そのような場所を探して、イワンの部下が佐藤をおびき寄せ、彼の車を盗んだのだ。

それにしても、演技が下手《へた》すぎる。これが芝居であると気づかれてしまうだろ。

真野の脈拍が上昇した。

「では、わたしの車で最寄りの警察署までお送りしましょう」

「いえ、そんなことまで、やってもらうわけにはいきません」

イワンの勧めを男が断った。

「ですが、携帯電話が使えない上に車がないのですよ。今から歩いて街に行くとなれば、陽が暮れてしまいます。街灯もない道では危ないでしょう。困ったときはお互い様です」

「それでも、見ず知らずのかたに頼ることはできません」

しばらく、イワンと男の間で押し問答が続いた。

「もしかして、なにか事情があるのですか？」

イワンが問いかけたが、だれも答えなかった。

長い間、沈黙が続いた後、男の声がした。

「実は、昼間に変な男が家にやってきて難癖をつけてきたので、身を隠すために寂れた温泉に行こうとしたのです。その道すがら、車の盗難に遭ったのです。もしかしたら、その男か、仲間が車を盗んだのかも知れません。なにか、気持ち悪いものを感じるので、車の被害届を出すのは少し待ちたいのです」

変な男？　難癖？

真野は鼻を鳴らした。警察に届け出ない理由が曖昧だ。後ろめたいことがあるのだろう。

それは政治資金の不正還付ではないだろうかと、真野は疑った。

「車を盗まれた上に、手持ちのお金もないのでしょう。なにも訊きませんので、わたしどもの会社がゲスト用に持っているマンションに滞在してはどうでしょうか？　もちろん、お金は不要です」

イワンの申し出を男は最初は固辞していたが、妻であろう女に説得され、イワンの厚意に甘えることになった。

「じゃあ、とりあえず、マンションに行こうよ」

樽見が誘うと、車のドアを開閉する音が聞こえた。改めて、挨拶しあった後、車が出発する音がした。ほどなくして、電波が届かなくなったのか、真野が手にする無線機は黙りこくった。

家捜し

車の盗難現場で待っていると、佐藤のトヨタ・セリカが停まり、樽見よりも大きな男が出てきた。ただし、樽見のようなラードがにじみ出るような軀《からだ》ではなく、筋肉の塊だった。彼はイワンの部下であり、佐藤の車を盗んだ犯人であった。

もし、イワンの部下がロシア人だったら、上手くコミュニケーションを取れないかもしれないと真野は不安になっていた。しかし、この大きな男が日本人だったので真野の心配は杞憂《きゆう》に終わった。

イワンの部下は、乗り捨ててあった軽四輪のキーを真野に渡した。

最高の出来じゃないか。

真野はほくそ笑んだ。

イワンの作戦では、多くの分岐があり、それに対応する策も練られていた。車の盗難を佐藤が警察に届け出ようとした場合は警察に向かっている間に軽四輪を持ち帰り、車の車種、色、ナンバーなど、嘘の情報を佐藤に刷り込み、騙そうと計画していたが、無用になったようだ。

また、作戦の遂行にあたり、最低限、実現したかったのは車を奪うことであり、そこに積み込まれた荷物の精査であった。もし、佐藤が政治資金の不正還付に関与していたのなら、身を隠す場合、なんらかの証拠を持ち出しているとイワンは踏んでいた。

しかし、現実には、佐藤夫妻をイワンの会社のマンションに招き寄せることができた。佐藤夫妻は、親切なひとに保護されたと思っているのだろうが、真野たちにしてみれば、佐藤夫妻を拉致《らち》したとも言えるのだ。

これにより、場合によっては、佐藤を尋問することも可能になった。

また、セリカに置いてあった夫人のバッグから、自宅マンションの鍵らしきものも見つかっていた。もし、それが自宅の鍵であれば、佐藤夫妻を足止めしている間に、自宅の捜索もできるかもしれない。

イワンの作戦は大成功を収めたのだ。

軽四輪に乗った真野は、セリカを運転するイワンの部下とともに、イワンの会社に戻った。不慣れな運転ではあったが、真野は無事に地下の駐車場に軽四輪を運ぶことができた。そして、イワンの部下が隣に停めた佐藤のトヨタ・セリカから、佐藤夫妻のスーツケースを降ろし、車にカバーをかけた。

ここには、会社で買い上げた高級中古車をたまに停めていて、いたずらを防止するために車にカバーをかけているらしい。そのため、佐藤の車にカバーをかけていても、ほかの駐車場の利用者に不審に思われることはないとのことだった。

ここまでは順調そのものだった。しかし、順風満帆は続かず、凪が訪れた。

夫妻の荷物を調べたが、政治資金の不正還付を臭わせるものは、なにも見つからなかった。そこで、真野たちは佐藤の自宅マンションに赴いた。陽が暮れかけているなか、インターホンを鳴らして、だれもいないことを確かめた上で、夫人のバッグに入っていた鍵を使ってみると、開けゴマと言わんばかりに扉が開いた。

そのとき、真野の電話が鳴った。犯罪行為の最中だったためか、動転してしまって、電話に出た声はひっくり返っていた。電話の相手が荒岩の事件を担当する刑事だったため、さらに動揺して、ぎこちない返答になってしまった。事件に関して確認が必要なことが出てきたので、一両日中に来て欲しいとのことだった。真野は、わかりました、とだけ答えて電話を切った。

長い息がこぼれ落ちた。

悪事を働いていることへの罪悪感に抗い、事実を突き止めたいとの衝動を素直に受け止めつつ、真野は佐藤のマンションに入っていった。

玄関の下駄箱に始まり、キッチンのゴミ箱、寝室の引きだし、なにかを隠せそうなところを手当たり次第に探した。しかし、めぼしいものは、なにも見つからなかった。

ただ、気になることはあった。リビングのテーブルを前にして腕を組んでいると、一緒に探索しているイワンの部下が「なにか、ありましたか？」と訊いてきた。

「あるというか、ないんですよね」

「どういうことでしょうか？」

怪訝な顔をするイワンの部下に真野は説明した。

テーブルの上には、テレビ、ビデオ機器、エアコン、さらには照明器具などのリモコンが几帳面に大きい順にテーブルの端に対して垂直に並んでいた。それらのボタンを押したら、なにかしらの機器が動いた。しかし、ひとつだけ、ボタンを押しても、なにも動かないリモコンがあったのだ。ボタンの並びからしてテレビ用だと思えるのだが、そのリモコンではテレビが起動することはなかった。

「昔、使っていたものを捨てられなくて、取っておいているのかもしれません——まあ、我々が探しているものではない、というのは断言できます。すでに探すところもなくなったので、帰りましょう」

「あと、ひとつだけ」

真野は気になることがあったため、最後にインターホンを調べた。

「やはりな」

真野は呟いた。インターホンはカメラが故障していて、音声は聞こえるが、モニターには、なにも映っていなかった。

佐藤は車が盗難に遭った際、マンションに訪ねてきた男か、その仲間が車を盗んだのかも知れないと証言した。そこに真野は違和感を抱いていたのだ。

山道で車が故障したふりをしたとき、イワンの部下は、怪しまれないようマスクもしないで素顔をさらけ出す予定だったし、移動のときに訊くと、その通りだと答えた。

真野が佐藤のマンションを訪問したときにインターホンの映像で確認していれば、車を盗んだ犯人は真野とは別人だとひと目でわかったはずなのだ。違和感の原因がインターホンの故障だと判明したことで、佐藤は真野の姿を見ていないことも確定した。これで、佐藤と直接、話して、政治資金の不正還付の実態を聞き出せるかもしれない。

証拠とおぼしきものはなんら見つからなかったが、ひとつ発見があったことを喜び、真野は佐藤のマンションをあとにした。

なんで、うきうきしているんだ。

コンビニエンスストアで買い出しをしながら、真野は独りごちた。

樽見たちと離れて別行動をしていたのは、半日ほどだった。一週間以上、樽見と会わないことは、今まで、ざらにあった。イワンとはひと月足らずの付き合いである。それでも、彼らのための買い物をしていると、心が躍った。樽見が好きな種類のカップ焼きそばとアイスクリーム、イワンが気に入りそうな冷凍のパスタなどを買い込んで、イワンの会社が所有するマンションに真野は向かった。

「まのっち、サンキュー。ぼくの好物だらけだね」

食材がたっぷりと詰まったコンビニ袋を樽見が玄関口で熱烈歓迎した。

「おれは、今、山田だ。忘れたのか」

小声で真野は樽見を睨みつけた。

イワンと樽見には、佐藤のマンションのインターホンが壊れていて、来訪者の映像を確認できないことをここに来る前に説明していた。それと同時に、マンションを訪問したときに本名を告げていたことも報告していた。佐藤を罠にかけた山道では、佐藤は真野のことを「変な男」と言っていたので、名前を覚えていない公算が大きかった。しかし、覚えている可能性もある。そのため、真野は、ここでは山田という偽名を使うと申し合わせていたのだ。

「あ、そうか……」

樽見はぺろっと舌を見せた。

ため息が真野からこぼれ落ちた。

「で、佐藤夫妻は？」

「寝室で寝ているよ」

「まだ、九時過ぎだぞ」

「相当、疲れたんだろうな」

と答えながら、樽見は真野をリビングに案内した。

樽見がカップ焼きそばを作っているなか、真野はイワンに小声で状況を教えてもらった。

「ということは、これといった進展はないということですか――」

「今のところ、佐藤夫妻はわたしたちを親切なひとたちだと信じ込んでいるので、尋問とか、下手なことはできないのです」

イワンの返答に、そうですか、と真野は静かに応えた。

その後、樽見がカップ焼きそばを完食して、三人でデザートを食べていると、奥の部屋の扉が開いた。

ジャージ姿の男が立っていた。佐藤夫妻は荷物ごと車を盗まれ、着替えもないので、ここに来る途中にイワンが買い与えたのだ。

「起こしちゃったかな？　ごめんね。あ、こいつ、マ――」

樽見が、また、本当の名前を言いかけたので、真野は、すかさず咳払いをして、言葉を割り込ませた。

「山田と申します。イワンさんや樽見くんと一緒に仕事をしています――コンビニで買ってきたものですが、よろしければどうぞ」

真野はテーブルの上のスイーツを勧めた。しかし、男は無言で扉を閉めた。

「まの……山田くん、嫌われたみたいだね」

樽見がにやりと笑う。

「それよりも、まずいことを聞かれたということは――」

「それはないでしょう」イワンが真野の不安を拭った。「彼らが使っている寝室はオーディオ・ルームも兼ねていて、外にも内にも防音がしっかり施されているのです。爆音で聴くチャイコフスキーの『一八一二年』はいいですよ。今度、鑑賞会をしましょうかね」

「防音がしっかりしているのなら、安心ですね――ところで、わたし、なにか悪いことをしましたか？　それとも、佐藤は人見知りなだけでしょうか？」

「ぼくたちには、ずっと友好的な態度だったよ」

樽見はチョコレートをつまんだ。

「もしかして、インターホンは壊れていなかったとか？」

真野は小さな声で訊いた。

「そんなことはありません」とイワンが答えた。「夫人との雑談のなかで、一か月ほど前から壊れたままだと、確認しました」

「では、マンションを訪問した前後に、姿を見られたのでしょうか？」

「それなら、ぼくも見られているはずだよ。でも、佐藤夫妻の様子からして、ぼくは疑われていなかった。佐藤には山田くんが怪しく見えたんじゃないかな」

「ドアを開けた一瞬で、なにがわかるんだよ」

真野は腕を組んだ。

「しかし、あのとき、佐藤がぎょっとしたように、わたしには見えました。喩《たと》えるなら、会ってはいけないひとを見かけた、とか――」

イワンの言葉を遮るように、奥の扉が開いた。

「お世話になりました」

夫人が挨拶した。佐藤は顔を見られたくないのか俯き加減で、夫人の陰に隠れている。おい。これでは作戦は失敗ではないか。佐藤からはなにも聞けていない。

そう思っていても、どうしていいかわからず、真野は金縛りに遭ったかのように座っている椅子から動けなくなっていた。それは樽見も同じなのだろう。椅子に縛りつけられているのかと思えるほど、静止していた。しかし、イワンはふたりとは違って、即座に立ち上がった。

「こんな夜更けにどこに行くのですか？」

と、佐藤夫妻の行く手を遮った。

「帰るのです。わたしたちの家に」

夫人が突っ慳貪に答えた。

「自宅の鍵が入っていたバッグも車とともに盗まれたのでは？」

「管理人に連絡して、開けてもらいます」

「こんな時間、管理人は不在ではないでしょうか」

「では、今日は知人のところに泊めてもらいます」

夫人は玄関口の扉を開こうとした。しかし、施錠されていて、開かなかった。

「なに、ぐずぐずしているんだ」

夫人に代わって佐藤がチェーン・ロックとドア・ロックを続けて解錠して、扉を開いた。

そこには、大きな男、イワンの部下が立っていた。佐藤がゆっくりと真野たちの方を振り返り、どういうことなのだ、と訊きたそうに、厳しい目つきをした。

「彼のこと、覚えていますか？」

ゆっくりとした口調でイワンが質問すると、佐藤は天を仰ぎ、神はいないと告げられたかのような、悟りきった表情になった。

イワンの部下が入ってきて、静かに扉を閉じた。それが引き金となった。

「車泥棒とあなたたち、仲間だったの？　あなたたち、騙したのねっ」

夫人が金切り声を上げる。

「ご主人が隠しごとをするから、こんなことになったのですよ」

「隠しごとなんて、ありません」

「それでは、車を盗まれたのに、なぜ、警察に届け出をしなかったのでしょうか？　ご主人には正直に話してもらいましょう」

イワンが目配せすると、部下は、ひとり、奥の部屋に向かった。

尋問

佐藤夫妻が無言でいた数分で、イワンの部下は奥の部屋から戻り、イワンにうなずいた。そして、夫人をリビングの椅子に座らせた。その目は、おとなしくしていないと痛い目に遭うぞ、とナイフのような眼光で脅していた。

イワン、真野、それと樽見は、佐藤を連れて奥の部屋に入った。そこは、部下により、佐藤夫妻の寝室から簡易の取り調べ室へと模様替えされていた。

真野、樽見、イワン、三人の向かいに佐藤の席が用意されていた。

「ここはオーディオ・ルームも兼ねていますから、大きな音も立て放題です」

イワンはポケットからペンチを取り出した。

「なにに使うつもりですか？」

「佐藤さん次第ですが、これで爪を剝がされると、かなりの刺激があるようです」

訊いた真野にイワンは冷たい笑みを見せた。

「やめましょう。わたしたち、これでは犯罪者になってしまいます」

「もう、後戻りできないとこまで来ちゃったんだよ」

樽見が、諦めろ、という言葉の代わりに、小さくかぶりを振った。

「いや、誠心誠意、佐藤さんに謝れば、わかってもらえるはず」

「もし、わかってもらったとして、そのあとは、どうなるの？　事件は解決するの？　もう、二度と佐藤の口は開かないよ」

「警察に相談――」

「そんなこと、今さら、できないよ。このオッサンとの関係を警察にどう説明するの？」

返す言葉を見つけられず、真野はうつむいた。

「だいたい、インターホンは故障していた、佐藤には顔を見られていないはずだって喜んで、まのっちがここに来なければ、こんなことにはならなかったんだよ――だから、まのっちは口出ししないで」

樽見の言葉にノックアウトされ、真野は傍観者に成り下がるしかなかった。

「真野さんも納得していただけたようですね」イワンは四人分の温かいコーヒーを淹れた後、口火を切った。

「さて、佐藤さん、わたしたちがあなたに訊きたいことは、わかっていますよね」

冷淡な声に、佐藤は無言で応じた。

「お願いします」一転して、イワンの口調は、不治の病に臥《ふ》す父親に生きる希望を捨てないで欲しいと懇願する息子のような響きとなった。「あなたが定年まで県の選挙管理委員会に勤務していたことは、わかっています。ここにいる真野があなたの自宅を訪ね、政治資金の不正還付のことを訊いた途端に、あなたは一方的にインターホンを切りましたね。そして、夜、カラオケ仲間との約束があるにもかかわらず、旅行の準備をして出かけました。さらには、車を盗まれたのに、警察には行きませんでした」

イワンはひと口、コーヒーを飲んでから、続けた。

「あなたには警察に知られたくない秘密があるのでしょうか？」

佐藤は答えなかった。

「先日、あなたの後輩の鈴木さんが、政治資金の不正還付に関わっていたと県警に自首しました。あなたは、彼の前任者として、政治資金の不正還付に関与していたのではないでしょうか？」

と訊かれた佐藤は小さく息をこぼした。真野には、佐藤が安堵したように見えた。腹をくくって、すべてを話すつもりなのだろうか。真野は唾を飲み込み、佐藤の言葉を待った。

しかし、佐藤の声は聞けず、沈黙が続いた。

「なぜ、話してくれないのでしょうか？　政治資金の不正還付に関わっていたとしても、すでに時効になっていいます」

佐藤ではなく、真野と樽見から、えっ、と驚きの声が漏れた。

「どういうことですか？　時効？　そんなこと、聞いていませんよ」

真野の声は困惑していた。

「真野さんは知っているものだと思い込んでいました――」

と、イワンはざっと説明した。

政治資金の不正還付に関与していたとして自首してきた鈴木が、選挙管理委員会に異動し、還付金の書類の偽造を始めたのは五年前である。それ以前に、政治資金の不正還付に関与していた者がいるのなら、五年前には、その者は役割を終えていて、それ以降、不正還付には関与していないことになる。

「不正還付は、いわば、有印公文書偽造です。そして、その時効は五年です。自首した鈴木さん同様に、もし、佐藤さんが政治資金の不正還付の書類を偽造していても、それは五年以上も前のことで、もう、時効になっているのです。罪に問われることはありません」

「そういうことか――」

真野と樽見は、イワンの解説に納得して、深くうなずいた。

「ですから、佐藤さん、もう洗いざらい話してもいいのですよ」

イワンが促しても、佐藤の口は開かなかった。

「わかったぞ」樽見が手を打った。「このオッサンが事件の黒幕、首謀者――不正還付を主導したんじゃないの？　今も主導的な立場で関与しているから時効にはならないんだ」

「その可能性は低いな」真野がかぶりを小さく振った。「総務省の伊豆さんが荒岩さんに聞いた話では、二世とか、三世の若手の経営者、あるいは、跡取りの重役たちのグループが小遣い稼ぎで不正還付を行っているということだった。県の職員だった佐藤さんが、そんなグループを束ねられるとは思えない。それに、この事件は荒岩さんが追っていたんだ。黒幕は与党の国会議員に違いない」

「そうか……こんな冴《さ》えないオッサンには無理だよな」

悪意はなかったのだろうが、樽見の言葉は佐藤を挑発していた。だが、それでも佐藤は無言を貫いた。

「では、このくらいは答えてください」真野は佐藤に話しかけた。「あなたの家のインターホンは壊れていなかったのですか？」

またしても、無言の回答だった。

「もしかして、ほかの場所で、わたしと会ったことがあるのでしょうか？」

「そんなことはない」

佐藤はぽつりと声をこぼした。

「やっと、質問に答えてくれましたね——ですが、わたしの顔を見た途端、ここから出ていこうとしたのは、なぜですか？」

「あんたがきっかけではない」

「では、なにがきっかけだったのですか？」

「家に帰りたくなっただけだ」

佐藤はぶっきらぼうに答えた。

「本当に？」

と、真野は訊いたが、佐藤は無音状態に戻った。

この男が自分の顔を知っていたのは間違いない。だが、どこで見られたのだろう。深く目を閉じ、真野は記憶の扉を開いた。しかし、佐藤の顔は、どこにもなかった。

そのとき、電話が鳴った。

「こんなときは、携帯電話は切っておくか、マナーモードにするのが常識だよ」

こんなときって、どんなときだよ。

樽見の指摘に心のなかで反論しながら、真野は電話に出て、すぐに通話を終えた。

「警察からです。すぐに来て欲しいとのことでした。夕方にかかってきたときは、一両日中に、ということだったのに、こんな夜更けに、どういうことでしょう。もしかして、警察に監視されているのでは？」

不安がひたひたと忍び寄っていると感じた真野は、すがるような目でイワンを見やった。

ビデオ

警察署のいくつかの窓は、祝日の深夜にもかかわらず、あかりが灯っていた。

あらかじめ、おおまかな到着の時間を伝えておいたので、荒岩の事件を担当している刑事が警察署の前で待っていて、そのまま小さな応接室へと真野を案内した。

「コーヒーをお持ちします。少々お待ちください」

「いえ、そんなことは――」

真野は固辞しようとしたが、刑事は応接室から出ていってしまった。

「わたしの会社やこのマンションが監視されることはありません。大丈夫です。安心して行ってください」

と、出かける前にイワンに言われたように、担当者の態度からして、佐藤との一件は警察にはばれていないようだった。

では、どのような用件で呼び出されたのだろうか。まあ、すぐにわかるさ。

開き直って、ソファーでゆっくりしていると、刑事が戻ってきた。手にはノートパソコンと缶コーヒーを持っている。

「実は、ご覧いただきたい映像がありまして――」刑事はノートパソコンを準備しながら、説明を続けた。「一両日中に、とお願いしていたのですが、情報が一部のマスコミに嗅ぎつけられたおそれがあるので連休中ですが、明日、一番に会見で発表する運びとなったのです。それで、関係者には事前に見ていただいたほうがいいだろうということになったものので、こんな時間にご足労いただくことになってしまいました。申し訳ありません」

「映像？　どのような？」

淹れたコーヒーではなく、缶なら気楽にいただけると安堵して、真野はプルトップを開けた。

「新幹線の防犯カメラのビデオです」

「それなら、散々、事件直後の聴取で見ましたが――」

「新幹線で犯人が座っていた座席が判明して、その様子が映っているのです」

「ですが、マスクをしていて、素顔は見えないのではないでしょうか？」

真野は缶コーヒーをひと口すすった。

「まあ、そうなんですけど、とりあえず見てください」と刑事がノートパソコンの画面を真野に向けた。

「こいつなんですけどね」

刑事の指先には、通路側のシートに座る男が映っていた。シートは五列なので、グリーン車ではないようだ。犯行のときにかぶっていた野球帽は手に持ったままだったが、マスクはしているので顔を特定することはできない。

ほかに手がかりになるものが映っていないかと画面を凝視していた真野が、えっ、と声を漏らした。

「お気づきになりましたか？」

「ええ、犯人の斜め後ろに座っているのは、わたしではないでしょうか？」

「その通りです。ですから、犯人のことで覚えていることがないか、うかがうためにお越しいただいたという側面もあるのです」

「覚えていること……」

真野は、閉じた目を右上に向け、記憶の扉を開こうとした。しかし、荒岩が殺されたときの記憶が重石《おもし》になっているのか、あの新幹線でのことは、荒岩との記憶しか思い出せなかった。

「申し訳ないです。この男のことは記憶にありません」

「そうですか――では、こちらの映像では、なにか思い出せませんか？」

画面が切り替わり、駅のホームが映し出された。

「あ、すみません。再生するビデオを間違えました。重要なのは上りではなく、下り方面ですよね」

再び、画面が切り替わった。さきほどと同じようなホームが映し出されたが、今回は新幹線が停車していて、扉が開くシーンから映像は始まっていた。

「これは？」

「品川駅の下りホームに設置されているカメラの映像です」

始発駅である東京の次の駅ということもあり、降りる客はいないと思い込んで、停車後、すぐに乗り込もうとする客たちに抗うように、野球帽の男が降りてくる。男はそのままホームを歩いて、カメラのフレームの外に出ていった。

「やはり、思い出せませんね」

「そうですか――あと一本、明日、公表する映像があるので、そちらも、一応、見てください」

今度は、新幹線のデッキが映し出された。カメラのアングルのせいで、男の顔は野球帽で隠れている。品川駅に到着したのか、男が降車していった。

「ちょっと、待ってください」

なにか、気になるものを見たような気がした真野は、刑事に尖《とが》った声をかけた。

「どうしました？」

「ビデオを少し前に戻してください――あ、ここです。犯人がポケットから何かを取り出していますよね。これ、家電のリモコンのようですが――」

「そうです。これを無線で作動させて、毒ガスが噴霧する装置を起動させたようです」

「リモコンの映像、拡大できませんか？　詳しく見たいのです」

「このリモコンのメーカー、機種は特定できていますので、その写真でいいですか？」

刑事がパソコンを操作すると、リモコンの写真が映し出された。真野は、その写真と記憶のなかにあるリモコンを比べた。

「似てるなあ」

思わず、呟きがこぼれ落ちた。

「なにに似ているのですか？」

「いえ、なんでもありません。それより、最初の映像、新幹線の客室のビデオをもう一度、見せて欲しいのですが」

「それは構いませんが――」

刑事が最初のビデオを再生した。それを真野は四度も見返した後、大きくうなずいた。

わかった。なにもかも理解できた。

「これで帰ってもいいですか？」

ご苦労様でした、と刑事からねぎらわれて、真野は警察署をあとにした。それから、イワンの部下に連絡して迎えにきてもらい、その足で佐藤のマンションに向かった。そして、翌朝、意気揚々として、もう一度、警察署を訪れた。

しかし、刑事との面会を終えると、真野は意気消沈していた。

「どういうことなのだ」

現状を理解できず、真野は頭を抱え込んだ。

とりあえず、コーヒーを飲んで、落ち着こう。そうすれば、考えがまとまるはずだ。

根拠のない自信を持った真野は、コーヒーが飲めそうな店を探した。

真相

「まのっち、朝帰り？」

イワンの会社が所有するマンションに赴くと、たった一日、過ごしただけなのに、すでに自宅のようにくつろいでいる樽見に迎えられた。

「昨日は自分のアパートに帰っただけだから」

そのほうが、今朝、警察署に行くのに都合がよかったからだった。それに、安アパートとはいえ、自宅のほうがくつろげる。

「で、お土産《みやげ》は？」

「そんなものはない――それより、佐藤さんに会わせてください」

樽見の土産の要求を無視して、真野はイワンに頼み込んだ。

「もしかして、なにか収穫があったのですか？」

「もちろん」

と答え、真野はイワンと樽見とともに簡易の取り調べ室に入った。朝からイワンに厳しく聴取されたのか、椅子に座る佐藤は一〇歳くらい老け込んだように見えた。

「さて、まずは確認させてください」

佐藤の正面に座った真野は静かに切り出した。

「わたしがあなたのマンションを訪ねたとき、最初は素直に受け答えしていたのに、話題が政治資金の不正還付になった途端、インターホンを切りましたよね。そして、夜、近所のひとたちとカラオケに行く約束をしていたにもかかわらず、逃げるようにして温泉地に向かった――ですから、あなたが不正還付に関わっていたのは間違いないのです。ですが、不正還付が時効になっているのに、あなたは沈黙を守った。それは、なぜですか？」

真野はゆっくりとした口調で訊いた。しかし、佐藤の回答は沈黙だった。

「あなたは、なにも答えてくれませんね。それは、これに起因しているのではないですか?」

真野が取り出したのは、どこの家庭にもありそうなリモコンだった。一瞬だけ、驚いたような表情を佐藤が見せた。

「普通のリモコンだよね」

樽見が手に取りながら訊いた。

「見た目はね――佐藤さんのマンションに置いてあったものを拝借したのだが、佐藤さんのマンションには、このリモコンで作動する機器はないんだ」

「ひとの家に勝手に入るのは犯罪だよ」

樽見が芝居がかった反応を見せた。

なにを言っているのだ。ここにいるみんな、佐藤を拉致している時点で犯罪者じゃないか。

真野は樽見に向かって苦い表情を作った。

「このリモコン、どこかで見たような……」イワンが顎をさすった。「もしかして、今日、テレビのニュースで報じていませんでしたか?」

イワンの問いかけを聞きながら、真野は、佐藤の肩が落ちる様子を見ていた。多分、テレビなどの報道を佐藤には見せないようにイワンが仕向けていて、佐藤はリモコンに関するニュースを見ていなかったのだろう。

「ぼく、見てないなあ。どんなニュースなの？」

樽見が訊いてきた。

「お前なぁ、元の上司に関する報道はチェックしておけよ」

呆れた真野は、ひとつ息をこぼした。

「え？　荒岩さんのニュース？」

「そうだ——このリモコンは、荒岩さんの事件で毒ガスの噴霧装置の遠隔操作に使われたものと同型なんだ」

「でも、佐藤のマンションには、これで動く家電はない？　ということは、荒岩さんを殺した犯人、確定じゃない？」信じられない、という表情を樽見は見せている。「そういえば、何度もニュースで流されていた犯人の映像、マスク姿で顔はわからないけど、このオッサンと雰囲気が似てるよね」

樽見が指摘した途端、佐藤はそっぽを向いて、顔を隠した。

「あなたのマンションで、昨晩、赤い野球帽もエンジェルスのウインドブレーカーも見つけましたよ」

「それって犯人の服装と一緒だよね」

「ああ、その通りだ——ところで、なぜ、佐藤さんは急に自宅に帰りたがったのでしょうかね」

「だから、それは、ジャーナリストの振りをして佐藤の自宅でピンポーンって鳴らした男、まのっちが現れたからだよ」

「自宅マンションのインターホンは壊れていたのに？——なぜ、佐藤さんがわたしの顔を知っているのか、不思議で仕方ありませんでした。ですが、佐藤さん、あなたが荒岩さん殺害の犯人なら、説明がつくのです」

「なんか、ぼく、わくわくしてきた」

樽見の目が煌めいた。

「昨日、事件のビデオを警察で見ているときに思い出したのですが、事件があった新幹線で、サンドイッチを食べているわたしを見ている人物がいたのです」

「え？　だれ？　美人さん？」

「残念、男だよ——今日のニュースで、犯人が犯行前に座っていた座席が特定されたと報じられましたが、まさに、その座席の男がわたしのことを、ときどき凝視していたのです」

「なぜ、犯人は真野さんを気にしていたのでしょうか？」

イワンが訊いてきた。

「実は、わたしの後ろの座席には、たまたまですが、地元の支援者がいたのです。なにを話したかは失念しましたが、間違いなく、荒岩のことを話題にしました」

「そういうことか」樽見が満足そうな顔をした。

「今から殺す相手のことを話しているヤツがいたら、気になるだろうし、記憶に残りそうだな。それに、そいつがサンドイッチを食べていたのなら、マスクを外していたことになるから、顔を覚えていそうだな――そして、匿《かくま》ってもらっているマンションに、そいつが現れたら、そそくさと退散したくなるよな」

樽見は下品な笑いをつけ足した。だが、佐藤の口は閉ざされたままだった。

「まだ、沈黙するつもりなのですね――ここでの最初の尋問のとき、あなたは安堵したような表情を見せましたよね。すべてを話そうと、あなたが腹をくくったのだと、わたしは思いました。しかし、あなたは黙ったままでした――あのときの安堵の理由をわたしは勘違いしていました――わたしたちが疑っているのは、政治資金の不正還付の件であり、荒岩さんの事件には気づいていないと知って、佐藤さん、あなたは安心したのですね」

「やはり、この男が政治資金の不正還付の主導者であり、荒岩さんを殺した実行犯ということなのでしょうか？」

イワンが腕を組んだ。

「いえ、違うと思います――県の職員だった佐藤さんが不正還付のグループを束ねられるとは思えない。荒岩さんが追いかけていたのだから黒幕は与党の議員に違いない。これらのわたしの意見に昨日は同意してくれたではありませんか」

「しかし――」

「とりあえず、わたしの話を聞いてください」

真野は自分の推理を披露した。

推理

六年前、定年退職したことを機に、佐藤は、数百万、あるいは、数千万円の謝礼を受け取り、政治資金の不正還付を主導している人物と縁を切った。しかし、荒岩が不正還付を嗅ぎつけたため、主導している人物から再び声がかかった。六年間、事件を発覚させることなく暮らしていたことを評価されたのか、あるいは、ただ単に脅されただけかもしれない。

いずれにせよ、佐藤は、毎週、金曜日に一七時四八分、東京発、広島行きの新幹線のぞみ号に乗り、荒岩がいないかを確認した。そして、事件があった日、荒岩がやっと同じ便に乗ってきたので、品川駅に新幹線が近づいたとき、喫煙ルームに荒岩と学生の坂本麗介がいることを確認した上で、坂本からアタッシュケースを受け取り、「毒ガス注意」と書かれた紙を貼った。その直後、新幹線が品川駅に停車するタイミングで毒ガスを発生させる装置をリモコンで作動させ、自分は品川駅で下車して、人ごみに紛れた。

リモコンを捨てるところをだれかに見咎められると犯行を曝かれると危惧して、自宅に保管していた、というところであろう。

「わたしの推測は間違っているでしょうか？」

真野の問いに、だれも返答しなかった。

「この沈黙は、肯定でしょうか？　犯行を認めるのでしょうか？」

「なぜだ。なぜ、警察に突き出さないのだ？」

佐藤の声は、無言を続けていたためか、かすれていた。

「オッサン、しゃべれるんだ。失語症になってしまったんだと思っていたよ」

「樽見、余計なことを言うな——佐藤さん、あなたは黒幕ではないはずです。政治資金の不正還付を主導し、荒岩さん殺害をあなたに指示したのは、だれですか？」

懇願するような口調で真野は訊いた。

「黙秘する」

と言ったきり、口を閉ざした。

「佐藤さん、わたしは、あなたを救いたいのです」

真野は深く頭を下げた。

「なにを言ってるんだよ、まのっち」

「黙っていろ」と樽見に命じた真野は、頭を上げて、佐藤の瞳を見つめた。

「このままでは、荒岩さん殺害の犯人にされてしまいますよ」

「この男が荒岩さんを殺したのは間違いない」

「いや、佐藤さんは荒岩さんを殺していない。殺せないんだ」

「どういうこと？」

「どういうことでしょうか？」

樽見とイワンの声が交錯した。そして、佐藤は困惑の表情を見せていた。

「佐藤さんは真犯人に嵌《は》められたんだと思います」

真野は、今朝、佐藤の自宅から失敬したリモコンを警察に持参したときのことを説明した。

最初は、リモコンの入手経路をどのように説明するか悩んだが、事実が判明したら、佐藤のマンションに忍び込んだと正直に打ち明けようと決意して、荒岩の事件を担当している刑事に例のリモコンの鑑定を依頼した。

その結果はすぐに出た。問題のリモコンでは、荒岩は殺せないとのことだったのだ。

「もう少し、詳しい説明をお願いします」

イワンのリクエストに応えて、真野は説明を加えた。

通常の家庭用のリモコンは赤外線で機器を操作している。そのため、機器との距離が離れたり、機器との間に障壁があったりするとリモコンは作動しない。一方、犯行に使われたリモコンは、外観はメーカー製のものだが電子部品は改造されていて、赤外線ではなく電波を利用していたと考えられる。それに、被害者の学生が手にしていた機器も、赤外線ではなく電波で作動していた。だが、真野が警察に持ち込んだリモコンには改造された形跡はなく、赤外線でしか機器を作動させられなかった。

「違う。そんなことはない……」

うめくような声がした。

「なにが違うのでしょうか?」

多分、佐藤自身が声を出したことを自覚していなかったのだろう。真野が訊くと、はっとしたような表情を見せて、また黙りこくってしまった。

「佐藤さん、あなたは、たしかにリモコンのボタンを押したのでしょう。しかし、そのとき、真犯人もほかのリモコンのボタンを押したのです。ただし、あなたの持っていたリモコンとは違い、赤外線でなく電波で作動するものです」

言葉が佐藤のなかに染み渡るのを待つために、真野は口を閉ざした。じりじりとした時間が流れた。

「罠だ……罠だろ……」最初は、消えそうなほどの小さな声だったが、佐藤の声は徐々に大きくなった。「嘘だ。嘘に違いない。わたしを自白に追い込むための嘘をついてるんだ」

最後には、佐藤はわめき散らしていた。

「佐藤さん、落ち着いてください。わたしは嘘は言っていません」

「そんなはずはない。では、なぜ、真犯人は、そんな回りくどいことをしたんだ?」

「それは、わかりません。荒岩への恨みが極限にまで達していて、自分自身の手で殺めたかったのかもしれません。もしかしたら、真犯人が捕まっても、わたしたちが知ることはないのかもしれません――それを解く機会をわたしにください。真犯人を教えてくれるだけでいいのです」

真野は、今まで以上に深く頭を下げた。

真野は気配を感じた。真野には見えなかったが、多分、樽見とイワンの頭も下がっているのだろう。

無音の時が流れた。

「わかりました。みなさん、頭を上げてください。嘘偽りなく話します」

頭を上げた真野は、佐藤の目を凝視した。

「さきほどの推理は、ほぼ正解です。ただし、あなたたちは勘違いしています」

「なにを?」

樽見の眉根が歪んだ。

「ひとが死ぬとは思っていなかったのです——リモコンで散布するのは極めて安全な催眠ガスであり、毒ガス注意の貼り紙をすることで喫煙ルームからひとを遠ざけ、わたしが逃走しやすくするためだと犯人から説明されました。そして、翌日、与党への攻撃をやめろ、さもなければ命はないものと思え、と荒岩に脅迫文を届ける予定でした。それなのに、帰宅したとき、喫煙ルームのふたりが死んだとニュースで報じられていて、なんということをしてしまったのだと、声が出ませんでした」

「ぼく、嘘をつく大人は嫌いだなぁ」

「嘘ではありません。ですから、今でも心の震えが止まらず、手は汗で濡れたままです」

佐藤は掌を見せた。「こんなことになると事前にわかっていれば、帰宅途中に衣服もリモコンも捨てておきます——事件が報道されてからは、捨てるところをだれかに見咎められるのが怖くて、ずっと、自宅に保管していたのです」

「そんな言い訳で誤魔化されるぼくじゃないよ」

「いや、矛盾していないように思える」真野は、ひとつ、うなずいた。

「で、あなたをそそのかしたのは、だれですか？」

と、真野は肝心なことをもう一度、佐藤に訊いた。

「知らないのです。だれが真犯人なのかを」

「嘘を——」

「まずは、話を聞こう——」

真野は樽見の口を手で塞いで、佐藤の次の言葉を待った。ひと呼吸置いて、佐藤は続けた。

「すべて、連絡は手紙でした。今回も、金になる話があるからと、手紙で誘われただけです」

「そんなこと、だれが信じるんだよ」

樽見が佐藤を睨みつける。

「わたしは信じます。佐藤さん、その手紙は残ってないのですか？　真犯人に繋がる手がかりが書かれているかもしれません」

と言いながら、手紙は存在しないと真野は確信していた。佐藤の自宅マンションも、彼の車のなかも、隅々まで調べたが、そのようなものはなかったのだ。

「手紙は残していませんが、手がかりならあります。わたしの車が無事なら」

佐藤が静かに答えた。

いや、車のなかには、そんなものはなかった。なぜ、この期《ご》に及んで、そんな嘘をつくのだ。

真野は佐藤の真意を探ろうとして、彼の目を見つめた。しかし、彼の瞳はなにも答えてくれなかった。

鍵

マンションの駐車場にイワンの部下が運転するトヨタ・セリカが入ってきた。

「無事のようですね」

佐藤が胸をなで下ろす。

「安心してください。傷ひとつ、つけていません」

イワンが応えた。

「でも、どこに手がかりがあるんだろう。たしか、この車、だれかさんが散々、調べたはずなんだよなぁ」

樽見がにやりと笑みを見せた。真野はうつむくしかなかった。

車が停まると、愛おしい女性に再会したかのように佐藤はセリカに頬ずりをした。

「で、どこにあるんだ？」

樽見が助手席側のドアを開けた。

「そんなところに大切なものを隠しません」

佐藤は車の後部に回り、左後ろのタイヤハウスの内側に手を伸ばした。

「もしかして――」

「その通りです」

樽見にうなずいた佐藤の手には、小さな黒いケースがあった。

「スペアキーを隠す要領で、磁石付きのケースで手がかりを保管していたのか。やるな、オッサン。こんな小さいってことは、もしかして、パソコンのUSBメモリとかなのか？」

「ええ。スマートキー用の電波遮断の機能があるケースを使っているので、磁石の影響はなく、USBメモリのデータは壊れていないと思います」

「それって、意味ないよ」

「そんなぁ……。重要なデータだったのに、壊れてしまったのですか……」

佐藤の肩が小さくなった。

「そうじゃないよ。磁気テープや磁気ディスクは、磁石の近くに置いていたらデータは壊れるだろうけど、USBメモリは半導体チップのなかの電子に情報を保存しているから、磁石は関係ないよ――ただし、なにもしなくても、数年でデータが消えてしまうことがあるけどね」

「前の車でも同様の場所に隠していたので、五年は放置しています……。大丈夫でしょうか？」

「まあ、確認するしかないよ——マンションにパソコンはないよね？」

樽見がイワンに確認すると、会社のノートパソコンをすぐに持ってくるよう、イワンが部下に命じた。

「果報は寝て待て、ではなく、食べながら待てって言うからね」

と、樽見はコンビニエンスストアへと出かけていった。

マンションの部屋で真野たちが待機しているなか、樽見がコンビニのトンカツ弁当を食べ終わる前に、イワンの部下が到着した。

「さて、鬼が出るか蛇が出るか——」

最後のひと切れとなったカツを口にいれながら、樽見はイワンが操作するノートパソコンを見守った。

書類らしきものが開いた。

「消えていなかった……」

佐藤が安堵の息を漏らした。

「これは——」

真野がパソコンをのぞき込んだ。パソコンの画面には、大きく「収支報告書」と書かれていて、その上には「平成二一年分」とある。西暦でいえば、二〇〇九年だ。一番目の項目には「政治団体名」という項目があり、その右には「高齢者福祉協議会」と記されている。さらには、代表者の氏名と会計責任者の氏名も書かれている。

「黒幕——真犯人が報せてきたのです」佐藤が応えた。「県の選挙管理委員会で高齢者福祉協議会の収支報告書をよく見ておけと。そして、この団体の寄附金が、そのまま、わたしの取り分になるということでした。ただし、退職して警察に動きがないと確認できた時点でしか受け取れないと、念を押されました——真犯人には、そう指示されただけでしたが、わたしは念のために県の選挙管理委員会のホームページで保存しておいたのです」

「もう少し詳しく話を聞かせてください」

真野は佐藤に頼んだ。

「犯人は政治資金の不正還付を多くのひとに指南し、還付金の一部をそのひとたちから謝礼として受け取り、その五分の一をわたしの取り分だとしてプールしていたのです」

「その資金を管理していたのが、高齢者福祉協議会という団体だったということですね」

「その団体の代表者が真犯人じゃね？」すでに犯人を捕まえた気になっているのか、樽見は右手でVサインを出した。「そいつを探すなんて、楽勝だろ——でもさあ、一年で謝礼が二〇万円ほどって、しょぼくない？　これじゃあ、超高級なセリカなんて、買えないよ」

パソコンで収支報告書のページをめくったイワンに樽見が「超高級な」を強調して指摘

した。そのページには「個人から寄附」という欄があり、二〇万円より少し多い数字が記載されていた。

「それは一年目の報告書です。書類は八通しか偽造しませんでしたから。別のファイルを見てもらえばわかりますが、二年目は一〇〇万円ほど、三年目は二〇〇万円ほどの謝礼を受け取っています」

向きになって佐藤が説明すると、そんなにも多くの謝礼を貰ったのか、という台詞の代わりに樽見が口笛を吹いた。

真野とイワンは、ふたりでうなずきあった。

不正還付で自首してきた鈴木は、一度目の犯行のときに一三二通の偽造書類の作成を指示された。もし、真犯人にとっても最初の犯行なら、数通か切りのいい数字を指示するのではないかと推測して、鈴木の前任者の存在を真野は確信し、イワンはその推測を全面的に支持した。そして、前任者である佐藤の口から、最初の犯行では八通しか偽造書類を作っていないと、予想通りのことを聞けて、真野とイワンは満足したのだ。

「樽見さんが言う通り、犯人を特定するのは楽勝でしょうから、早速、調査しましょう」

イワンの号令で、真野たちは高齢者福祉協議会という団体を調べ始めた。

真犯人が真野たちの動きを察知した場合、身の危険があるかもしれないので、佐藤夫妻はイワンの会社が所有するマンションに引き続き滞在することになった。

真野は高齢者福祉協議会の事務所の所在地に赴き、そして、失望した。事務所があるはずのところは、更地になっていたのだ。周囲のひとに訊いてみると、以前は古い貸しビルが建っていたが、近々、新しいオフィス・ビルが建つということだった。さらに調べてみると、その貸しビルには怪しい会社が入居していて、違法な私書箱を運営していたという噂もあったそうだ。

イワンから連絡があり、途中経過の情報を共有したいと申し出があった。結果が出せていないので気は向かなかったが、イワンと待ち合わせている喫茶店に真野は向かった。

「出鱈目《でたらめ》だらけの書類でした」

開口一番、イワンはため息をついた。

佐藤は、選挙管理委員会で高齢者福祉協議会の設立届もコピーして、USBメモリに保存していていた。その書類で高齢者福祉協議会の代表者や会計責任者の詳しい情報を真野たちは入手していた。

高齢者福祉協議会の代表者だとされる人物は、そのような会は知らないと、イワンに断言したらしい。その口調に後ろめたいものを感じ取ったので、イワンがさらに追及したところ、一〇年ほど前に、銀行口座を売らないか、との誘いに乗ったことを白状した。

どんな手を使って口を割らせたんだろうか。

拭ったはずのイワンへの疑心を真野はまたしても抱きつつあった。佐藤の車を盗んだ手口だったり、防音付きのマンションを所有していたりと、普通の会社社長には思えなくなっていた。

いや、ロシアで財を成すには、このくらいしなければならないのかもしれない。なにより、自分には、なんら危害は及んでいない。

真野はイワンへの疑惑を心のなかの壺《つぼ》に入れて床下に隠した。

「会計責任者に関しては、実在するかどうかも、あやふやでした。住所とされるマンションには、一〇年も二〇年も前から、小学校が建っていました――真野さん、政治資金収支報告書や設立届は公文書ですよね。こんなことがまかり通っていいのですか？」

「許されないことでしょう。ですが、行政としては、こんなことは想定していないのかもしれません――毎年、締め切りまでに、その年の収支報告書を提出していれば、選挙管理委員会では問題にならないと思います。もし、なにかあっても、郵便でのやり取りが出来ていれば、選挙管理委員会としては、それ以上のことはしないでしょうね。多分、佐藤さんへの謝礼をプールするために銀行口座を不正に取得して、その口座の名義人を高齢者福祉協議会の代表者にしたのでしょうね。その人物が、本当に会の責任者かどうかとか、銀行口座の違法性を確認することも、選挙管理委員会はできません。それが政治資金収支報告書の実態だと思います」

「まあ、日本の行政を批判しても始まりませんからね――これから、どうしましょうか？お手上げ状態です」

イワンの首が力なく振られた。

「樽見は？」

「留守番、兼、佐藤夫妻の用心棒、それと買い出しをお願いしています」

「なんだか、宝の持ち腐れのようなひとの配置ですね。ああ見えて、彼は優秀なのです」

玉川の予算委員会の質疑に間違いがあることを発見した件や、『光の道』の五聖人から玉川が外されていたことを突き止めた件など、樽見の活躍を真野はかいつまんで説明した。

「特に彼は数字には強いんです。高齢者福祉協議会の収支報告書を樽見が精査すれば、なにか、見えてくるかもしれません」

「そうなのですか。雑用はわたしの部下にやらせて、彼には、それをお願いしましょう。それで真野さん、これからどうしますか？」

「多分、骨折り損になるでしょうけど、わたしは、高齢者福祉協議会に寄附したひとのリストを当たってみようと思います」

多い年では、一〇〇人を超えるひとが高齢者福祉協議会に寄附していて、その氏名、住所、職業が政治資金収支報告書に記載されているのだ。

徒労に終わるだろうと予言するかのように、イワンが首を振った。

「記載されている会計責任者が出鱈目だったことからして、多分、寄附したひとの氏名や住所も、嘘っぱちでしょう。でも、その嘘から真実の欠片《かけら》が見つかるかもしれません」

と言いながら、真野は弱々しい笑みでしかイワンに応えられなかった。

「ここもか……」

　真野は深いため息をついた。

　高齢者福祉協議会の政治資金収支報告書に記載されている寄附者を訪ねてきたのだが、またしても架空の住所だった。収支報告書では、四丁目一二番地となっているのだが、四丁目は一〇番地までしか存在していなかったのだ。住所を探しあてても、存在しない人物が収支報告書に記載されていることもあった。町そのものが地図上にないこともあった。

　政治資金規正法では、高齢者福祉協議会は「その他の政治団体」に分類され、この団体にいくら寄附しても寄附の控除は受けられない。そのため、政治資金収支報告書の記載のほかには行政的にチェックされることはない。出鱈目な住所や氏名でも、選挙管理委員会では精査されず、このようなことになっているのだろう。

　無駄な時間を過ごしてしまった。とりあえず、帰るとするか。

　諦めてしまいそうな自分に、もうひとりの自分が、もう少し足掻いてみよう、と奮い立たせる。

　あと一か所だけだからな。

　自分に言い聞かせて、真野は駅に向かった。その途中、樽見に電話をして、収支報告書の数字の精査が進んでいるかを訊いたが、芳《かんば》しくないとの素っ気ない返事しかなかった。

駅のホームで電車を待っている間に次の訪問先を調べようと、ベンチに座ってスマートフォンを取り出した。スマートフォンには、いつでも見られるよう、高齢者福祉協議会の政治資金収支報告書のデータを保存していた。それを画面に呼び出した。

真野は次の訪問先を選定し、スマートフォンで検索して、実在している住所なのかをチェックした。

「また、架空の住所かよ」

舌打ちして、報告書をもう一度、呼び出し、次の住所を確認しようとした。そのとき、なにか、気になるものを見た気がした。

なんだろう……。

スマートフォンの画面を精査する。小さな画面を指先が追う。指先が一か所に止まる。そして、下の欄と見比べる。さらに下の欄に視線が行く。

「そうか。そうだったのか」

真野はベンチから立ち上がって、叫んでいた。ホームに居合わせた何人かが、なにごとかと、真野に怪訝な目を向けている。

「すみません、すみません、なんでもないです」

方々に頭を下げつつも、真野は頭のなかで拳を握りしめてガッツポーズをしていた。そして、行き先を変更して東京に向かう電車に乗った。

電車のなかで、真野は、ある団体の名前を思い出そうとしていた。多分、樽見に訊けば、すぐに答えが出るはずだが、それは真野の野望が許さなかった。手柄を独り占めするつもりはなかった。ただ、謎が解けたことの感動をひとりで嚙みしめたかったのだ。

「なんという名前だったかなぁ……」

目を閉じて中指で額を叩く。記憶の底に眠っていた名称をやっとの思いですくい上げた真野は、スマートフォンで検索した。そして、その団体のホームページで目的のものを探し当て、真野はにんまりとした。

「間違いない。荒岩さん、あなたを殺したヤツを、真犯人を、突き止めましたよ」

独りごちた真野は、電車の外を見やった。

変哲もないビルの群れが、なぜか真野の目には輝いて映っていた。

検証

東京に着いた真野は、荒岩の事件の捜査本部が置かれている警察署に赴いた。

「事件のことで気になることを思い出したので、前に見せていただいたビデオを、今一度、見せてもらえませんか」

と、捜査本部の刑事に依頼すると、すぐに会議室に通され、ノートパソコンでビデオを再生する準備をしてもらえた。

まず、真野はグリーン車の様子を精査した。真犯人がなにくわぬ顔で荒岩の死の瞬間を待っているのではないかと、子細に映像を検証したが、真犯人の姿はなかった。次に、佐藤がいた客室を見ていったが、そこにも真犯人は映っていなかった。さらには、荒岩が殺されていた喫煙ルームの様子を見たが、真犯人の姿はなかった。

どういうことなのだ。

真野は、パソコンの画像を見ながら、考え直した。もしかしたら、実行犯は佐藤なのだろうか。捜査されたときのために、偽のリモコンを準備していたのかもしれない。

いや、それなら、証拠になる本物のリモコンは捨てたことになる。本物を捨てることができたのなら、偽物を所持する必要性も乏しいのではないだろうか。偽物のリモコンがなければ、真野が政治資金の不正還付や佐藤と荒岩の死を結びつけることはなかった。

それに、なにかほかの事件に巻き込まれて、佐藤の自宅が警察に調べられることがあれば、偽のリモコンがあるだけで警察への印象を悪くするはずであり、そんなことをする必要があるとは真野には思えなかった。なにより、リモコンが偽物だと真野が指摘したときの佐藤の反応には芝居はなかったように思えた。

やはり、真犯人は佐藤以外にいるはずだ。

真野はグリーン車の映像から検証をし直した。しかし、どこをどんなに念入りに調べても、真犯人らしき人物はビデオに映っていなかった。

ヤツは真犯人ではなかった……。真犯人は別の人物であり、電車を待つ間に思いついたことは、ただの勘違いだったのだろうか……。

諦めかけたとき、フラッシュバックのように真野の頭のなかで映像が再生された。

「そうか……そうだったのか……」

呟いた真野は、刑事に別の動画を見たいと要望した。それは、佐藤が新幹線を下車したときを映し出したホームの映像だった。

真犯人は新幹線には乗っていなかった。ホームで荒岩が乗った新幹線が来るのを待っていたのだ。そして、佐藤が下車したことで、荒岩が喫煙ルームにいたと判断して、本物のリモコンを操作して喫煙ルームに毒ガスをまき散らしたのだ。

その証拠が、ホームを映し出している映像に残っているはず……だった……。

しかし、そのような映像はどこにもなかった。下車したのは佐藤だけで、ほかの客は入線していた新幹線に乗車していった。怪しいリモコンを操るひとなど、いなかった。

いや、ヤツが真犯人だ。ヤツがどこかに映っているはずだ。それとも、配下のものに実行を命じたのか。

自分の推理を補完する映像を探して、真野は、何度も、何度も、映像を精査した。しかし、そのようなものは見つからなかった。

どういうことだ。考えろ。頭よ、もっと、まわってくれ。

真野は、拳で自分の頭を何度も叩いた。

「なにを確かめたかったのかは知りませんが、わたしにも仕事がありますので、そろそろ、終わりにしていただけませんか」

恐縮する刑事に言われ、真野は我に返った。

ベテラン刑事や名探偵でもないのに、真犯人を言い当てることなど、できるはずがなかったのだ。

ありがとうございました、と挨拶をして、真野は肩を落としながら警察署を出た。

「長い時間、かかりましたね。それで、なにか成果は出ましたか？」

流暢な日本語で話しかけられた。

「イワンさん、なぜ、ここに？　もしかして、ずっと、ここで待っていたのでしょうか？」

疑問符が真野のなかに湧きでていた。

終章

終末に向かう新幹線

一七時四八分東京駅発、広島行き、のぞみ七九号の発車を真野はいらいらしながら待っていた。

前日、樽見に電話をして、荒岩のことを含め、すべてがわかったので荒岩の娘である瑞紀に報告に行こうと思うと真野が告げると、真相を聞かせて、と樽見はねだってきた。

「瑞紀さんより先にお前に話して、そのことがあとでばれたら、なにを言われるか、わかったものじゃない。帰ってきたら、お前にも話すよ」

「それなら、ぼくも同行するよ」

「お前、車はどうするんだ？」

樽見は瑞紀から車を借りて上京していて、今、その車はイワンの会社の駐車場に停めてある。

「じゃあ、瑞紀ちゃんに車を返すついでに、まのっちを乗せていくよ」

「東京から岡山まで車で行くなんて、乗ってるだけで疲れてしまう。おれは無理だから——おれは新幹線で行くよ」

「それなら、ぼくも新幹線で——」

「だから、車はどうするんだよ。いつまでもイワンさんのところには停めていられないぞ」

「岡山に戻すのは、またの機会ということで、今回は、まのっちと一緒に新幹線。もう、決めたの」

一方的に宣言しただけでなく、数時間後には新幹線の便を予約してきたと、樽見はわざわざ真野のアパートまで切符を届けにきた。

「おい、これ、グリーン車じゃないか。この歳で切符の取り方も知らないのかよ。乗車前に変更するしかないな」

切符を確認した真野は、ため息をついた。

「間違いじゃないよ」

樽見が胸を張った。

「どういうことだ？　グリーン車なんて、もったいない」

「荒岩さんの事件を解決したご祝儀で、ぼくが奢ってあげるよ」

「気前がいいな——本当は、瑞紀さんのお金じゃないのか？」

「正真正銘、ぼくのお金」

「なんで、そんな無駄遣いをするんだ？」

真野は樽見に怪訝な目を向けた。

「無駄じゃないよ。解決できたと、新幹線で荒岩さんに報告するんだよ」

「新幹線で？　それも、グリーン車？　意味ないだろ。お前は広いシートのグリーン車にすればいい。おれは、ただの指定席でいいよ」

「もう一度、チケットを見てよ」

と言われて、真野は視線を落として切符を見た。

「グリーン車ということ以外、変わったことはない……」

真野の言葉が途切れた。

「わかってくれた？」

樽見が笑みを見せる。樽見が予約した新幹線は、荒岩が殺された新幹線と同じ便だったのだ。

「荒岩さんが亡くなった時間に、亡くなった喫煙ルームに行って、事件は解決したと報告すれば一番の供養になるはず。ね、まのっち」

と、昨日、強引に切符を渡してきたのに、発車時刻が迫っても樽見はグリーン車に姿を見せなかった。

「なにか、手違いでも……」

と、真野は独りごちた。何度もホームに出て樽見の大きな姿を探したが、見つからなかった。そして、定刻通りに、一七時四八分発、広島行き、のぞみ七九号は東京駅を発車したが、樽見の席は冷たいままだった。

もしかして、これがシナリオなのか？　どういう仕掛けなんだ？

グリーン車のシートで真野が思案していると、樽見の大きな姿が車両の出入り口に現れた。この季節なのに汗を拭っている。

「ここだ。ここにいるぞ」

真野は小さく手を掲げた。

「たどり着けた……」

真野の隣の座席に深く腰掛け、樽見は深い息を漏らした。

「なにをしていたんだよ」

「時間がなかったので、一番、近い車両に乗ったから、新幹線のなかで、ずいぶん歩かされたよ」

「おれが訊いているのは、一番、近い車両に乗らないといけないほどに、なぜ遅くなったんだってこと。もしかして、メイド喫茶に行っていたとか？」

「なんで、そんなところ……」一瞬、樽見は否定しかけたが――。「そうそう。お気に入りの娘《こ》ができたから、ついつい、長居してしまって――ぼくがいなくて寂しかった？」

「子供じゃないんだ。ひとりでも問題ない」

「素直じゃないなあ」

樽見は肘で真野をつついてきた。

「正直な感想だ」

「いやいや、心のなかでは──」

にやにや笑っていた樽見が、あっ、と声を漏らして、真剣な眼差しを見せた。

「どうしたんだ？　なにがあった？」

真野の心は、ぞわぞわした。

「忘れた……」

「なにを？」

「駅弁を買うのを……。今日、一番の楽しみだったのに……」

肩を落とし、力なくかぶりを振る樽見に真野は白い歯を見せた。

「なんだよ、まのっち。ひとの不幸がそんなに面白いのかよ」

樽見の頰が膨らむ。

「そんなこともあろうかと思って、ふたつ、駅弁を買っておいたよ。お前が好きそうな、今半の重ねすき焼弁当を──まあ、お前が山ほど駅弁を買ってきた場合は、瑞紀さんのお土産にしようと思っていたんだけどな」

真野は座席の下に置いておいた袋を掲げて、にっこりと笑った。

「まのっち、愛してるよ」

早速、樽見は駅弁の包みを開いた。

「すぐに品川駅だぞ。荒岩さんへの報告、どうするんだよ」

「とりあえず、ひと口だけ――そうそう、まのっち、煙草は持ってないよね」

樽見はゆで卵を口に入れた。

「おれが煙草を吸っているの、見たことないだろ？」

「そうだよね。吸わないよね。ぼくも吸わないから、荒岩さんに報告するときのためだけに買ってきたんだ」

と、シャツのポケットから出した煙草のパッケージを見せる。

「荒岩さんが亡くなった時間、亡くなったところ、新幹線の喫煙ルームにこれを供えるというわけか。いいアイデアだな。でも、それなら、マッチかライターがあったほうがいいな。天国の荒岩さんに匂いくらいは届くかもしれない」

「そう言うと思って――」

樽見がズボンのポケットをまさぐり、なにかを出してきた。金色のガス・ライターだった。

準備万端というわけか……。

真野は、ひとつ、深くうなずいた。

「おっと、見るのを忘れていた」

真野はスマートフォンを取り出した。

「うん？　なに？」

　箸をくわえたまま、樽見がのぞき込む。

「予算委員会のインターネット中継……やはり遅れているな……」

　この日、衆議院の予算委員会での採決を経て、本会議で可決されれば、景気対策をメインにした補正予算は衆議院を通過し、参議院にまわされる。そこで衆議院同様に審議、可決されて、はじめて補正予算は執行できるようになる。

　与党は補正予算を早急に参議院に送ろうとしていた。それを阻止しようとする野党によって何度も審議が止まり、予算委員会は終了の時間になっていたが、質疑が続いていた。

「あれ？　玉川先生、いないな……」

　全景が映された委員室を見て、真野は呟いた。

「トイレに行ってるんじゃないの？」

「いや、ほかの先生が玉川先生の席に座っていたから、差し替えがあったのかな」

　国会の予算委員会、外務委員会などの委員会は、基本、固定されたメンバーで議論する。しかし、都合が悪かったり、あるいは、委員でない議員がその委員会で質疑を希望したりした場合、代理が認められる。それが、差し替え、である。

「食べ過ぎで、お腹を壊したのかもね」

「お前じゃないんだから――」と笑ったとき、次の品川駅に近づいてきた旨の車内放送が流れた。

「そろそろ行くとするか」

真野は立ち上がった。樽見は重ねすき焼弁当の肉を頰張っている。

「まのっち、先に行って。ぼくは急いで食べてから追いかけるよ」

と、煙草とライターをよこしてきた。

「お前なあ……」

喫煙ルームに行かない口実を自分から作ってやってしまったのか。まあ、弁当がなくても、トイレに行くとか、なんらかの弁解を準備していたのかもしれないな……。

「あと、これを喫煙ルームの入り口に貼っておいて」

樽見がコピー用紙ほどの大きさの紙を渡してきた。そこには「先日、亡くなった荒岩光輝の供養を行っています。しばらくお待ちください」とあった。

「準備がいいな」

「まあね」

おいおい、皮肉も通じないのかよ。

心のなかで、かぶりを振って、真野は喫煙ルームに向かった。

喫煙ルームにはひとがいなかった。樽見から受け取ったメモ書きを入り口に貼ってから無人の喫煙ルームに入り、真野は煙草のパッケージを手に取った。新品の煙草を開封するのは初めてだった。荒岩の仕草を思い出しながら、真野はパッケージを開けた。そして、不慣れな手つきで煙草を一本、手に取って、金色のガス・ライターで火をつけた。しかし、すぐに煙草は消えてしまった。

「口で吸わないからなのか……」

煙草を口元に持っていき、息を吸いながら、ライターの火を煙草に近づけた。その瞬間、真野は咳き込んだ。咳はすぐに止まったが、嫌な苦みが口のなかに残った。その甲斐あってか、煙草は消えず、煙をくゆらせている。ライターを片付け、真野は煙の行方を見つめていた。真野は初めて喫煙ルームに入ったのだが、煙が滞留しているように思えた。換気が上手くいっていないのか、それとも、これが普通なのか、真野には判断できなかった。

新幹線が停車した。品川駅に着いたのだ。出入り口が開き、乗客が乗ってきた。それを真野は喫煙ルームの窓から見つめていた。

この状況で事件は起こった。犯人は毒ガスを噴霧させる装置のリモコンを、どこで作動させていたのだろうか。

真野はあたりを見回したが、なにもわからなかった。

真野は振り返って、外を眺めた。新幹線が停車しているホームの関係で、真野がいる喫煙ルームからの視界は開けていた。東海道新幹線の喫煙ルームは、上りも下りも、富士山が見える山側に設置されている。品川駅に停車する多くの、のぞみ号は、二四番線に停車するため山側が乗降口になり、喫煙ルームの外は、すぐ、ホームになっていて、乗客が乗り降りする様子が間近で見える。

しかし、この、のぞみ七九号は二三番線に停車しているため、乗降口は山側ではなく海側になっていて、喫煙ルームからの風景には、博多方面、下りのホームはなく、線路を挟んだ東京方面、上りのホームだけが見えた。

その上りのホームから、こちらへ、何か手にした物を向けている男の姿が見えた。真野は目をこらした。佐藤が持っていたのと同じようなリモコンに見える。もしかして、リモコンが上手く作動しなくて、男が躍起になってリモコンのボタンを押しているのではないだろうか。

それにしても、国会をサボって、こんなところで——。

そう思った瞬間、スマートフォンが真野を呼び出した。樽見からのメールだった。

——まのっちが悪いんだよ。まのっちがぼくを秋葉原で尾行なんてしたから、信じられなくなっちゃったんだ。すべて、まのっちの身から出た錆。岡山に着いたら、もう、二度と、まのっちとは口を利かない。絶交だ。さよならだ。あばよ。

「秋葉原での尾行か。そんなこともあったな。あのとき、おれはお前を信じようと思ったのに、皮肉なもんだな、人生って——それにしても、上手く書けているな。これなら、友達とケンカしただけに読める。それでいて、自分は罪をあがなおうって、都合がよすぎるだろ……」

真野が呟いたとき、新幹線は動きだし、真野の軀は倒れるようにして沈み込んだ。

※　※　※

幽霊

テレビでも、度々、肉が絶品だと紹介されているしゃぶしゃぶの名店の個室に店員の囁きのような声が聞こえてきた。

「お連れの方は、すでに、お見えになってます」

「ほう、早いなあ」

だみ声が大きく響いた。

「それでは、ごゆっくりと」

店員が扉を開く。

「いやあ、本会議で遅くなってしまった。警察の聴取は終わったのか？　今日は、でかした。今日も、じゃんじゃん食べて――」

だみ声の男は個室に入るなり、ハグをする寸前のように両手を開いた。しかし、異変に気づいたその手は、すぐにだらりと垂れた。呆然《ぼうぜん》とした口は、言葉の途中で発声することができなくなっていた。店員が扉を閉めた途端、だみ声の男は踵《きびす》を返そうとした。

「こんな、美味しい肉、初めてです。口に入れたそばから、溶けていくようです。これを食べる前に帰るおつもりですか、玉川先生」

テーブルに座っている真野は、ほんのりピンクがかった牛肉をほおばった後、満面の笑みを玉川に向けた。玉川は、ポマードをたっぷり塗った髪と同じように軀まで固まって動けなくなっていた。

「玉川先生、わたしは、この店は初めてなのですが、『今日も』というのは、だれに対しての言葉でしょうか?」

真野がチラリと視線を向けた先、隣の席には、肩をすぼめて身を小さくしている樽見が座っていた。

「どういうことだ、樽見? 真野は死んだはずだ。新幹線が品川から発車する間際に真野が倒れるのを確認してから、おれは国会に戻った。それなのに真野は生きている。おれは幽霊を見ているのか?」

「わたしに足はありますよ――元秘書のわたしが荒岩と同じように新幹線で死んだのなら、大きなニュースになっていますよ。あっ、そうか。先生は、夕方、品川駅から国会に飛んで帰ってからは、補正予算の採決がある本会議に出席していたので、ニュースなんて見られませんよね。近年、議場での議員の態度が問題になっていますから、スマートフォンでの確認も無理だったのでしょう。まあ、そうなるであろう日に計画を実行したのですがね」

「樽見、留年を続けているお前を公設秘書として迎えてやると、破格の条件を持ちかけたのに裏切ったのか? それとも、真野を恨んでいたというのは芝居だったのか?」

「やはり、そんなことでしたか。樽見は先生を裏切っていませんよ。わたしを裏切っていただけです。ただし、予想通り、自白には追い込めなかったので、彼の携帯電話を使って、あなたを呼び出したのです――順を追って説明しますから、先生、とりあえず、おかけになってください」

玉川はしばらく躊躇していたが、真野が強い視線を送り続けたためなのか、座って腕と足を組んだ。

「さて、ことの発端は、二〇〇八年の国会の予算委員会で、当時、一年生議員だった荒岩が、外国人献金に関して総理に質問したことでした。この質疑がきっかけとなり、総理は辞任することになりました。同じころ、宗教法人『光の道』の霊感商法も話題になっていましたが、総理へのバッシングでかき消されました。そのことで、教団は荒岩を五聖人のひとりとして崇め、荒岩に政治献金をするようになりました。そして、五聖人から外れることになった、あなた、玉川先生への献金は激減し、あなたは政治資金に困るようになった――そこで、あなたは政治資金の不正還付に手を染めた。若手の経営者たちから持ちかけたのか、あなたから話をしたのかは、わたしにはわかりかねますがね」

ここからは佐藤から聞いた事実を真野は語った。

玉川は、県の選挙管理委員会に勤務する佐藤を脅し、さらには、成功した暁には儲けの五分の一を分け前として渡すと約束して、政治資金の寄附金控除の書類を偽造させた。そして、偽造した書類で不正に還付金を得た若手の経営者たちは、謝礼として、玉川の後援会と高齢者福祉協議会、ふたつの団体へ寄附した。

政治資金としたのは、自分の分は表の金として正々堂々と使うためだった。また、佐藤の分は、プールしていることを佐藤にわからせるためであり、佐藤には、定年後、事件が明るみに出ていないことを確認してから取り分を渡した。

佐藤の定年後、一年のときを経て、政治資金の不正還付の偽造書類を作る役として、玉川は新たに鈴木を獲得した。自分は脅されて書類を偽造しただけだと、警察に自首してきた鈴木は証言しているようだ。しかし、事件が露呈することなく選挙管理委員会から異動となった際には、謝礼を受け取る約束になっているだろうと、佐藤は推測していた。

また、鈴木の自首については、芋づる式に指示役が露見しないよう、玉川が命じたものだと真野は推測していた。

「わたしがたどった選挙管理委員会ルートではなく、不正還付をしていた若手の経営者を追いかけるルートで、多分、荒岩は調査をしたのだと思われます——選挙管理委員会ルートでは、わたしが調べ始めたことで、動きが出てきたのですから——そして、若手の経営者のルートを調べていた荒岩が真相にたどり着きそうになっていたので、大学生の坂本麗介くんの事件に巻き込まれたように偽装して、玉川先生、あなたは荒岩を殺したのです。国会開会中は、広島選出の後輩議員と同じ新幹線で荒岩は地元に帰ることが多く、それが広島行きののぞみ七九号、事件があった便だったのです。ですから、国会が開けば、必ず荒岩を殺せる機会があると、あなたは確信していたのでしょう——毒ガスはロシア製でしたが、中国にも出回っていたとのことです。あなたは、中国企業を巻き込んだＩＲ汚職事件で、賄賂を受け取ったのではないか、と疑われたことがありました。そして、捜査の結果、無実だと判明しました。たしかに、金銭の授受はありませんでした。その代わりに、毒ガスを入手したのではないですか？　多分、不正還付の関係者に裏切りがあったときのために用意したのでしょうね」

真野が、深く息をついたあとは、しゃぶしゃぶの鍋がぐつぐつと煮立つ音を遠慮気味に立てているだけだった。

ライター

唐突に玉川がにやりと口角を上げた。そして、すぐに高笑いを始めた。しかし、大きく見開いた目には笑みはなく、狂気が宿っていた。

「お前が言うことは机上の空論だ。樽見は、なにもしゃべっていないのだろ？　おれが荒岩を殺した証拠なんて、どこにもないのだ」

「ですから、荒岩の息女、瑞紀に真相の報告をすると樽見に嘘をついた上で、わたしは樽見が指定した新幹線に乗って、罠にかかったような芝居をしたのです」

佐藤が隠し持っていた高齢者福祉協議会の政治資金収支報告書を眺めていて、真野は、ほとんどの寄附額が一円単位であることに気づいた。これは政治家への寄附金では珍しいことであり、その数字の並びをどこかで見たことがあるように真野には思えた。

必死にそれを思い出そうとしていると、真野の記憶の窓に、玉川の事務所で見せられた政治資金収支報告書が映し出された。あれは玉川の後援会の収支報告書だった。そこには一円単位の寄附が散見されていた。

玉川の後援会と、佐藤が所持していた高齢者福祉協議会、ふたつの収支報告書を真野は見比べたかった。しかし、十数年前の玉川の後援会のデータは、法的な保存期間が過ぎているので、役所では閲覧できない。そこで、真野は以前に樽見が宗教法人『光の道』の寄附を調べるのに使ったNPO法人の名前を記憶の隅から呼び出して、そのホームページにアクセスした。そのNPO法人のデータベースには、国会議員関係だけではあるが、過去の政治資金収支報告書が保存されているのだ。

そこにあったデータを真野は精査した。そして、高齢者福祉協議会のおのおのの寄附額を掛け算すると、それとほぼ一致する数字が玉川の後援会の報告書に見つかったのだ。これは、不正還付の謝礼の五分の一を自分の取り分としてプールしていたという佐藤の証言とも、ぴたりと符合する。

しかし、高齢者福祉協議会に寄附したひとの名前は架空であり、玉川の後援会には合致する名前はなかった。そのため、偶然の一致だと玉川に言い逃れされる恐れがあった。

だから、真野は警察で、荒岩が殺された事件のビデオをもう一度、確認することにした。しかし、新幹線のグリーン席やその他の座席の映像にも、喫煙ルームの横のデッキの映像にも、そして、品川駅で佐藤が降り立ったホームの映像にも、玉川の姿どころか、リモコンを持っている怪しい人物も映っていなかった。

そこで、真野はイワンとともに一計を案じた上で、新幹線に乗って岡山に向かおうとしたのだ。

「それで、なにか、わかったのか？」

すべてを見透かしたように、玉川は鋭い視線を真野に向けた。しかし、真野には勝算があった。

「ええ、わかりましたよ。さきほど、品川駅で新幹線が停まっている際、上り、東京方面のホームであなたが怪しい行動をしているのを、わたしは喫煙ルームから見ていました。それと同じ光景が、荒岩が殺されたときもあったのでしょうね」

「あったのでしょうね、だと？　それは推測でしかない」

「ええ、推測です。でも、警察は証拠を持っています――荒岩の事件で聴取されたとき、下りホームの映像を見せられました。そのとき、担当者が誤って、上りホームの映像と取り違えたことがあったのです。すなわち、荒岩の事件のときの上りホームの映像を警察は保存しているのです。そこには、リモコンを操作するあなたの姿が映っているはずです」

玉川が唇を嚙む。真野は続けた。

「そして、さきほど、荒岩の事件を担当している刑事に、この映像が残ってるか確かめて欲しいと依頼しておきました。それと、今晩、あなたとここで会食の約束があることも伝えておきました――」

真野は、立てた人差し指を口の前にやって、静かに、というジェスチャーをした。そして、耳に手を添えた。

「パトカーのサイレンが聞こえてきました。もしかしたら、あなたを捕まえにきたのかもしれませんね。警察が来る前に食べておきましょう」

真野は牛肉が盛ってある大皿を玉川の前に持っていった。

「そうだな。最後の晩餐《ばんさん》だ——ところで、きみの殺害を目論んでライターに仕込んでおいた毒ガスの噴霧装置は、なぜ、作動しなかったのだ？」

「佐藤さんがこんなものを持っていたので、借りたのです」

真野はポケットから黒い物を取り出した。

「車のスペアキーを隠しておくケース？」わかった、と言う代わりに樽見は、ひとつ手を叩いた。

「それ、スマートキー対応で電波を遮断する機能があるから、ライターをそこに入れておけば、リモコンは作動しない。毒ガスは散布されないということか」

「喫煙ルームに入ったとき、自分の持ち物でないのは、樽見、お前から受け取った煙草とライターだけだった。煙草は新品だったから、変なことはできない。もし、仕掛けがあるとすれば、ライターしかないと踏んでいたんだ」

真野は黒いケースから金色のライターを取り出した。

「そういうことか……」

玉川は金色のライターを手にした。

「玉川先生、わたしも訊いておきたいことがあるのですが――予算委員会で荒岩の事件を取り上げたのは、捜査本部を攪乱《かくらん》するためですか？」

「そんなつもりはなかった――秘書のひとりが岡山出身で、次期衆議院選挙で荒岩の選挙区からの出馬が党内で内定していたのだ。荒岩が相手では勝ち目が薄かったのに、荒岩が死亡しての弔い合戦となれば絶望的だ。それでも出馬の意志が固かったので援護射撃のつもりで質疑をしたのだが、逆に足を引っ張ることになってしまったな。あと、地元を知っているので彼のサポート役になればと、樽見をスカウトしたのだ。きみにはふられてしまったがな。いずれにせよ、彼にはすまないことをしてしまった。もう、選挙の結果は――」

「釈迦に説法ではありますが、選挙は票を開いてみるまでは、わかりませんよ――玉川先生、最後に、もうひとつ、お聞きしたいのですが、なぜ、自分自身でリモコンを操作したのですか？　もしかして、せっかく構築した政治資金を不正還付させるシステムを壊そうとした荒岩への恨みを晴らすために、自分の手でリモコンのボタンを押したかったのですか？」

「恨みなど、なかった」玉川は鼻を鳴らした。「政治を行うための金を守るために必死でやったことだ」

「それなら、自らの手を汚す必要はなかったはずです。荒岩の事件で、佐藤さんが持っていたリモコンを作動するようにしておけば、よかったのでは？」

　玉川の真意を知りたくて、真野は彼の瞳を見つめた。

「アタッシュケースの受け取りと、毒ガス注意と書かれた紙を貼ることだけを命じていれば、自分の無実を説明するために佐藤は警察に駆け込んでいたかもしれない。それを防ぐために偽のリモコンのボタンを佐藤に押させたのだ。そして、想定通り、殺人犯になってしまったと思い込んだ佐藤が警察に出頭することはなかった。佐藤と荒岩には接点はない。佐藤が沈黙し続ければ、警察は事件の真相を突き止められないとわたしは確信していた」

「ですが、わたしは事件の謎を解き明かしました――もし、中途半端なところで解明できたと思い込んでいたら、佐藤さんを殺人犯として糾弾していました」

　政治家の自己中心的な釈明に憤り、真野の声は震え、握りしめられた拳には爪が食い込んでいた。

「そのときは匿名で本物のリモコンを警察に送りつけて、佐藤は真犯人ではないと教えてやるつもりだった」

「なぜ、そんなことを？　佐藤を犯人に仕立て上げれば、あなたは安泰だったはずです」

「政治家としての矜持だ」地平線の彼方を見るような遠い目をした。

「不正が曝かれたとき、秘書がやったことだ、と白《しら》を切る政治家、いや、政治屋なんかと一緒にされたくない。それだけだ。そして、万一に備えて、このようなものを持ち歩いている」

　玉川は上着の内ポケットをまさぐると、なにかを取り出した。

「ちょっと待ってよ。これ、リモコンだろ？　ボタンを押すと毒ガスがっ」

樽見がライターとリモコンを玉川から奪おうとした。しかし、玉川の動きのほうが速かった。樽見の手は空を切り、玉川の手のなかにライターとリモコンが残った。

「すまんな。道連れにするつもりはなかったが、運がなかったと思って諦めてくれ」

玉川がリモコンのボタンを押した。

毒ガスを吸い込まないよう、口を両手で押さえて、樽見が扉のほうに駆けていく。

「落ち着け」

真野が落ち着き払った声で言った。右手で玉川からライターを奪い、それを弄んだ。

「あれ？　毒ガスって、美味しそうな匂いだよね」

のびたラーメンのような感想が樽見から聞こえてきた。

「こんなこともあろうかと、ここに来る前に、このライターはイワンさんが手に入れてくれたサンプル品に入れ替えておいたんだ。新幹線のなかでは、入れ替えても、本物がリモコンの電波を拾って毒ガスが発生する恐れがあるから使えなかったけど、準備しておいてよかったよ。本物は電波を遮断して、イワンさんが厳重に保管しているよ」

「こんなことになっても死ねないのか……」

玉川は声を絞り出した。

「ええ、あなたには法廷で真実を語っていただきます――あとは司直の判断に委ねます」

と、真野は締めくくった。

パトカーのサイレンの音が大きくなっていった。

諜報機関

後日、事情聴取をさせてもらうかもしれない、と告げた刑事と玉川を乗せたパトカーを見送っていると、イワンから呼び出しの電話が入った。待ち合わせたのは、以前、荒岩が総務省の伊豆を連れて行った赤坂のバーだった。

バーの客はウォッカをちびちびやっているイワンだけだった。ここで荒岩と伊豆との間で政治資金の不正還付について議論されたことから、今回の事件は始まった。そのことを知っていて、イワンはこの店に呼び出したのだろうか。ほかにもイワンについては引っかかるところがあった。真野は、その正体を曝きたかった。

「イワンさん、あなたの言う通り、樽見は裏切っていました」

カウンターに座った真野は飲み物を注文する前に切り出した。

玉川が犯人だとする証拠を見つけようとして警察署でビデオを精査したが、不発に終わってしまい、真野は、次の手を考えあぐねていた。そのとき、警察署を出てきた真野にイワンが声を掛けてきた。

だれもいないイワンの会社に案内された真野は、樽見が裏切っていると告げられた。その証拠を提示することなく、イワンは、樽見を騙して真犯人を突き止める算段を話し始めた。そして、その実行を真野に迫った。

友人が裏切り者だとするイワンに反発した真野は、逆に、イワンの計画に乗った。イワンが予想するようなことは起きることはなく、それによって、樽見は裏切り者ではないと証明できると考えたのだ。

荒岩のことを含め、すべてがわかったので、瑞紀に報告に行こうと思うと真野が嘘をついたとき、樽見は自分もついていくと言い出した。その上、新幹線の予約までした。考えようによっては疑わしい行動ではあるが、ただ単に、樽見は瑞紀への報告の場に自分もいたいだけだ、と真野は信じたかった。

その一方、樽見が裏切っていれば、謎が解かれたと信じ込んでいる真犯人に殺されるかもしれないとの恐怖心を隠し持ちながら、真野は岡山に向かった。

予約をしていた新幹線に樽見は遅れそうになり、本人は、メイド喫茶に行っていたと弁明した。樽見が新幹線の座席に座るのは、出発時間ぎりぎりであろうと、イワンは事前に予測していた。変装して、喫煙ルームの換気扇の効きを悪くする工作をするのではないかと考えたからだ。イワンの予想通りに事態は進行した。それでも、真野は樽見を信じたかった。そして、これは瑞紀への土産だと心のなかで弁明をしながら、樽見が遅くなったときのために、駅弁はふたつ買っておいたのだ。

荒岩に報告するときのために、と樽見がライターを取り出すと、真野は、悔しく、そして、悲しくなった。作戦の説明をするとき、中国マフィアから仕入れた毒ガス発生装置の見本をイワンから見せられた。樽見も、それと同じライターを所持していたのだ。

　悔しさと悲しみを表情に出さないようにしていた真野は、まだ、樽見を信じたかった。犯人になんらかの嘘をつかれて、樽見はこんなことをしただけだ。悪いのは犯人であり、樽見は犯人に操られているだけだ。そのように心を無理矢理ねじ曲げようとしたが、いざ喫煙ルームに行こうとした際、先に行って、と樽見に言われて、イワンの考えが正しかったと真野は思わざるをえなかった。

　なぜ、裏切ったのだ？　金か？　地位か？

　その場で樽見を詰問したかった。しかし、そうすれば、せっかくの罠を、新幹線に乗っているかもしれない犯人、あるいは、その協力者に見咎められ、作戦が失敗する恐れがあった。そのため、犯人が真野の死に場所に指定した喫煙ルームに、素知らぬ顔をして真野は赴くしかなかった。

　ただし、もう、恐怖心はなかった。ここまではイワンのシナリオ通りになっていた。その後もアドリブのない進行になると、確信できていたのだ。そして、実際にその通りとなり、真犯人である玉川は逮捕された。

「今から思えば、選挙管理委員会の調査を再開したときに仲違いしていた樽見との関係がすぐに元に戻ったのは、おかしな感じでした」

　と、真野は樽見の不可思議な言動を挙げていった。

　樽見の運転で佐藤を尾行していたとき、佐藤の車を見失ったのも、今から思えば、疑問が残る。そして、佐藤を拉致したとき、真野が偽名を使っていることを樽見が失念したのも違和感がある。また、佐藤が持っていた、真犯人をたどれるかもしれないＵＳＢメモリを読み込むために、イワンの部下が会社にノートパソコンを取りに行ったとき、樽見はコンビニエンスストアに行った。もしかしたら、玉川に連絡を取っていたのかもしれない。さらには、数字が得意な樽見が高齢者福祉協議会の政治資金収支報告書の寄附金額になにも感じなかったのも、不思議なことではあった。

「これらは、樽見が裏切っていた、ということで説明はつきます——しかしながら、あなたへの疑問が残るのです。樽見の裏切りをあなたは本当に確信していたのですか？」

「ええ、もちろんです」

明日の天気を話しているような口調だった。

「疑念はあっても、確信は持てなかったはずです」

「仲違いしたのに、すぐに仲直りして、樽見くんが東京に出てきたことで、わたしたちは彼に疑念を抱きました」

イワンは、「わたし」ではなく「わたしたち」という言葉を使った。それが気に掛かったが、真野は黙ってイワンの説明を聞いた。

「ですから、実質的に佐藤さんを拉致したマンションで樽見くんを監視していたのです」

「監視って……」

真野から声がこぼれた。

「言葉の通りです。部屋中の数十の隠しカメラで、四六時中、見張っていたのです。そして、すぐに疑念は確信に変わりました。彼がスマートフォンでメールを送る姿をカメラは捉えました。その画面の文字が彼の裏切りをわたしたちに伝えていたのです」

「ちょっと……ちょっと、待ってください。あのマンション、防音されているというのも変でしたが、数十台の監視カメラがあるって、おかしいですよ。普通じゃない」

「一般のひとには怪しげに思えるかもしれませんが、わたしたちの世界では常識です——保護した対象者が信頼できるかを確認するために、対象者の安全を確保しつつ、数日、時には一か月単位であそこに隔離して、行動を監視することもあるのです」

「異常な世界に思えるのですが……」

「わたしたちの世界では、このようなセーフハウスを持つことは常識です」

「セーフハウス？」

聞き慣れない言葉だった。

「諜報機関の拠点です」

イワンは軽やかなトーンで答えた。

会社やマンションが監視されることはないとイワンは言っていたが、情報機関の拠点なら、納得できる。多分、四六時中、ほかの機関からの監視がないか見張っているのだろう……。

ちょっと待て。さらりと言っていたが、さっきの言葉には重大な意味が隠れているのかもしれない。

真野は何度も頭のなかでイワンの言葉を再生した。そして、恐る恐る質問した。

「ということは、あなたはスパイ……ロシアのスパイなのですか？」

イワンは即座にうなずいた。

なんということだ。幾度となくイワンはスパイではないかと疑った。そして、そのたびに否定してきたのに……。

真野の唇が小刻みに震えた。

「正確には、『あなたたち』です。とりあえず、なにか呑んで落ち着いてください」

イワンは目配せして、バーテンダーを呼んだ。バーテンダーはカウンターのなかから出てきて、イワンの隣に控えた。

「ウィスキーの水割りを……」

真野は声を飲み込んだ。

「かしこまりました」

と、応えたバーテンダーの顔と体軀《たいく》をまじまじと真野は見ていた。

そうだ。間違いない。この顔、筋肉質なこの体、イワンの会社の社員だ。そして、佐藤の車を盗んだ男だ。

「もしかして……総務省の伊豆さんと、ここに来たときも彼が？」

「ええ。バーテンダーとして接客していました。まあ、普段はカウンターのなかにいるので、暗くて判別できないでしょうけど」

　イワンが笑みを見せる。バーテンダーはカウンターのなかに戻り、水割りを作り終えると、真野の前にグラスを置き、カウンターの隅の定位置に戻った。

　さっき、『わたしたち』とイワンが言ったのも、そのせいなのか……。

　真野は小さく首を振った。

「この店も、あなたたち、諜報機関の施設ということですか？」

　途切れそうになる質問を最後まで言葉にした。

「その通りです。ですから、用のないときは店を閉めていることもあるのです」

　と言われ、真野は最初にここを訪れたときのことを思い出した。あのときも閉まっていた。

「ということは……」真野は人差し指で額を叩いて、記憶を喚起した。

「総務省の伊豆さんは、荒岩さんに誘われて、ここに来たと言っていました――『マイクノイズ』の謎、最初から、あなたは、その答えがわかっていたのですね」

　小さく息をこぼした真野は、なぜ内緒にしていたのだ、との抗議文を頭のなかで読み上げた。

「いえ、わかりませんでした。荒岩さんは、いちいち役人をわたしたちに紹介しませんでしたからね。ですから、あの謎を解いたあなたを、わたしたちは評価しているのです」

「スパイに評価されても……。しかし、なぜ、スパイのあなたが政治資金の不正還付を調査していたわたしの手助けをしてくれたのですか？」

「荒岩さんが殺された事件で、わたしたちロシアの諜報機関が疑われそうになったので、降りかかる火の粉を払うためです――わたしたちが無実なのは明白ですから、怪しいのは荒岩さんが独自で調べていた先です。ですから、不正還付を調査しようとしていた真野さんと利害が一致したのです」

なるほど、と小さく首を振ったとき、真野はイワンの言葉に疑問を抱いた。

「いちいち役人をわたしたちに紹介しませんでした、とあなたは言いました。それは、暗に、荒岩も、あなたたちの仲間、スパイだったと言っているのですか？」

自分の言葉を信じたくなかった真野は、大きく首を横に振った。

「そのことで、あなたと話がしたかったのです」

「否定しない？　では、荒岩は、日本を裏切っていたのですか……」

真野は天を仰いで、深いため息をついた。

「そうではありません」

「ですが、スパイだったのでしょ？　『国会のトマホーク』として、国会質疑で政府を追及していた元ネタは、あなたたちから得ていたのですね。そして、その見返りとして、荒岩は国家機密をあなたたちに教えていた……」

真野は悔しくなり、震える唇を嚙んだ。

「それは違います。総理を辞任に追い込んだ質疑のもとになった情報は、わたしたちが提供しました。しかし、今回のように、荒岩さんが独自に調べて、政府を追及したことも多々ありました」

「荒岩がスパイだった事実は覆《くつがえ》りません」

「いいえ、それは誤解です」

と、イワンは説明を始めた。

荒岩の真実

二〇〇七年、ロシアに協力的なベテラン議員に引率されて、野党の新人議員の有志数人が、視察旅行という名目でロシアを訪れた。一週間の視察を終えて帰国した彼らにロシアの諜報機関が接触した。そして、イワンが担当したのが荒岩だった。

「これを聞いてください」

荒岩を呼び出したバーで、イワンはイヤホンを差し出した。そのイヤホンからは、ロシアへの視察旅行で知り合った女性と荒岩との情事の音声が流れていた。

実は、この女性は諜報機関が用意した娼婦であり、これはハニートラップだった。このことで議員を強請《ゆす》って国家機密を入手したり、ロシアに有利な世論を形成させたりするつもりなのだ。

「なるほどね」荒岩はにやりとした。「わたしも同じようなものを持っています。こちらをご覧ください」

荒岩はポータブルＤＶＤを鞄から取り出して再生した。それは白人女優が出演しているアダルト・ビデオであり、さきほどの音声と似ていた。いや、そっくりだった。

他の議員たちの情事はビデオに撮られていたが、荒岩だけは音声しかなかった。荷物が邪魔で盗撮の映像は真っ暗だったので、イワンは音声だけで脅そうとしたのだが、それはアダルト・ビデオの音声だったのだ。

ロシアのホテルで、夜、女性が部屋を訪ねてきたとき、荒岩は女性に金を持たせた上で、なにもしないでアダルト・ビデオを鑑賞しただけだった。そして、黙っていることがお互いのためだと女性を言いくるめた。女性としても、なにもしないで帰ると雇い主から謝礼を受け取れないので、このことを黙っていたのだ。

そして、ことを公にされたくなければ、本国には荒岩は日本政府を裏切ったと報告しつつ、盗み取った日本の政府や与党の情報をこちらに流せと、逆にイワンを脅してきたのだ。

「――ですから、荒岩さんはスパイではないのです。日本の国家機密を漏洩《ろうえい》することもなければ、ロシアのために論陣を張ることもありませんでした。それどころか、わたしたちが提供した情報でも、国益が損なわれる場合は国会で取り上げることはありませんでした」

「なにが真実なのか慎重に吟味するしかありませんが、こんなことを話すために、あなたたち自身の秘密さえも、わたしに教えたのですか？」

なにが狙いなのだ、と直接的には訊けなかった。

「あなたをリクルートするためです。第二の『国会のトマホーク』を作りたいのです」

「もしかして、補欠選挙に出馬しろと？　わたしなんて当選できませんよ」

「わたしたちのネットワークを使って今回の事件を解決に導いた立役者だと喧伝しますし、わたしたちの組織が力になります。必要とあらば、資金も提供します。なにより、荒岩さんの後継者ということであれば、有権者を引きつけられます。荒岩さんを継ぐのは、真野さん、あなたしかいません」

「荒岩を継ぐというなら、荒岩の娘さん、荒岩瑞紀さんこそ正当な後継者です」

「血筋でいけば、そうなります。しかし、調査の結果、性格に問題が——本人には内緒でお願いします」

「ですが、わたしには学歴がありません。大学には行ってないのです」

真野は自分を卑下するかのように小さな笑みを浮かべた。

「国会議員の資格の規定に大卒以上とは書かれていないと思いますよ」

「まあ、そうですけど……。なぜ、わたしにこだわるのですか？　わたしなら、ロシアの言うことを素直に聞く操り人形にできると？」

「ぺらぺらと国家機密を話す議員はごまんといますし、すぐにリクルートできます。しかし、『国会のトマホーク』は、荒岩さんと、その後継者しか名乗れません」

「ですが、今後、国会のスナイパーとか、予算委員会の精密爆撃機とかを名乗るひとが出てくるかもしれません」

「それがわたしたちには看過できないのです。類似品が出回らないよう、真野さんが、正式な二代目、『国会のトマホーク』として活躍して、日本の国会の議論を先導して欲しいのです」

「なにが目的なのか、わかりませんね」

　真野が小首を傾げた。

「簡単なことです。たとえ、『国会のトマホーク』が我が国の言いなりにならなくても、日本の与党には大きな損害を与えます。それだけで充分なのです。そして、なにより、わたしたちは、『国会のトマホーク』に狙われたくないのです。『国会のトマホーク』と良好な関係を保つ、それは我が国の安全保障でもあるのです——というのは、本国を説得するために作った言い訳です」

「では、本音は？」

　真野の問いにイワンはひと呼吸置いた。それは、躊躇が原因ではなく、大切なものをお披露目するための間《ま》だと真野には思えた。

「昨年の三月、日本の国会で『ロシアによるウクライナ侵略を非難する決議案』の審議がありました。わたしたちは荒岩さんに、この決議に反対するよう求めました。それが出来ないのなら、せめて、不本意ながら賛成にまわったとのポーズをとって欲しいとお願いしたのです」

「しかし、現実には賛成するだけでなく、マスコミの前でロシアを厳しく非難しました」

「その通りです。ですから、わたしは、どのように本国に説明しようか悩んでいました。そのとき、荒岩さんがおっしゃったのです」

「なんと？」

と訊くと、イワンはグラスのウォッカを一気に飲み干した。

「なんらかの理由をでっち上げて議案に反対することは簡単だ。しかし、それではロシアの国民に申し訳が立たない。このままでは、ロシアの独裁者だけでなく、ロシア国民までも世界から孤立してしまう。わたしの一票だけで独裁者が翻意することはないだろうが、ロシア国民には嘘をつきたくない、と」

真野は黙って、イワンの次の言葉を待った。

「その言葉で、わたし——わたしたちは思い出したのです。わたしたちが忠誠を誓うのは、ロシアの独裁者ではなく、ロシア国民だと」

イワンはカウンターの隅の定位置にいる部下へと視線を向けた。

「それって、裏切りでは？」

「まだ、裏切り行為はしていません。今は、なにくわぬ顔で本国からの指令を遂行しつつ、仲間を集めている最中です」

「仲間が集まったら、なにをするつもりなのですか？」

「クーデターかもしれませんし、暗殺かもしれません。あるいは、平和的なものになるかもしれません」

「それで、わたしにも仲間になれと？　わたしは武器なんて扱えません。お役に立てないどころか、みなさんの足を引っ張りかねませんよ」

真野は自嘲気味に口角を上げた。

「あなたは、すでに最強の武器を持っています。いや、持つ準備が整っているというのが正しいでしょうね」

「いやいや、そんなものを持つ準備などしていませんよ」

首を振って、真野は否定した。

「そうでしょうか？　あなたが望めば、『国会のトマホーク』という最強の武器が手に入ると思いますよ――わたしたちが独裁者を攻撃するとき、それを使って、言論の場で援護射撃をお願いしたいのです。『国会のトマホーク』を継ぐ者であれば、日本国内どころか、海外にまで影響を及ぼす発言ができるはずです」

イワンは真剣な眼差しを向けてきた。

真野は、荒岩と出会って以降のことを、ひとつ、ひとつ、思い返した。そして、ゆっくりと大きく、自分を納得させるように、うなずいた。

「後任の件は、しばらくお時間をいただけませんか？　考えたいのです」

「わかりました。しかし、期限はありますよ。衆議院議員の補欠選挙、それまでには答えを出してください――それと、もし、お受けいただけるのなら、樽見くんをあなたの陣営

「ヤツはわたしを殺そうとしたのですよ。仲間にできるはずがありません。なにより、ヤツは玉川とともに逮捕されるはずです」

虫酸が走ると言いたげに、真野は表情を歪《ゆが》ませた。

「わたしたちが沈黙すれば、罪が少しでも軽くなるよう、玉川はあなたを殺そうとしたことは警察に話さないはずです」

「犯罪を見逃せと言うのですか？　それに、ヤツを受け入れたとしても、また、すぐに裏切りますよ」

「裏切るかもしれない、と警戒していれば、すぐに察知して対処することができます。新幹線で命を狙われたときも、事前に察知して、ことなきを得たではないですか――なにより、彼が優秀なことは、高齢者福祉協議会を調べているとき、あなたが熱く語っていたのですよ。必ず彼が必要になるときはあります」

と言われ、遠い目をした真野は耳を澄まして、荒岩の声を聞こうとした。しかし、なにも聞こえてこなかった。

※　※　※

選挙

逮捕された玉川健は、取り調べのなかで、佐藤のことには、一切、言及しなかった。時効が成立しているので、警察は捜査しなかったのかもしれない。そのため、イワンが主導して佐藤の車を盗んだことや、佐藤を監禁したことや、真野が玉川に殺されかけたことも、なかったことになっている。

ただし、もし、佐藤のことが事件化しても、真野に累《るい》が及ばないよう、車の盗難のときには、佐藤の目に触れるところに真野を出さないようにイワンが配慮していたことを、後日、真野は聞かされた。

いずれにせよ、事件から半年後の四月、荒岩光輝の死去に伴う衆議院議員補欠選挙の告示日が訪れ、その朝を真野はつつがなく迎えることができた。

今、街宣車の前で二〇〇人ほどの支持者に向かって、瑞紀がマイクを握っている。

「このビール瓶のケースの演台は、父、荒岩光輝から引き継いだものです。これと同じく、次世代へ引き継ぐべきものがあります」

何人かの聴衆が、瑞紀の演説の先回りをして、『引き継ぐべきもの』がなになのか、声に出して答えている。

「そうです。その通りです。『国会のトマホーク』、その異名も引き継いで、国会質疑で与党を追及する人材が必要となってくるのです。ですから、この衆議院議員の補欠選挙、父の弔い合戦ではありますが、『国会のトマホーク』の名前を継ぐための戦いでもあり、この戦いに負けるわけにはいかないのです」

聴衆から大きな拍手が湧いた。その通りだ、いいぞ、と声援を送ったのは、街宣車の運転席でいつでも発車できるようにスタンバイしている樽見だった。

瑞紀は、目を閉じ、拍手が鳴り止むのを待った。

そして、拍手が静まると、瑞紀は、一層、大きな声をマイクに吹き込んだ。

「それでは、ご紹介します。『国会のトマホーク』の名を継ぐ男、衆議院議員補欠選挙、候補者、真野正司です」

瑞紀に代わって壇上に立った真野は、見えない明日に向かって拳を突き上げた。

本作は書き下ろしです。またこの物語はフィクションで、
実在する個人、団体とは一切関係ありません。

中公文庫

あとは司直《しちょく》の判断《はんだん》に委《ゆだ》ねます
——私設秘書《しせつひしょ》　真野正司《まのしょうじ》

2024年6月25日　初版発行

著　者　阿《あ》桜《さくら》世《せい》記《き》

発行者　安部順一

発行所　中央公論新社
〒100-8152　東京都千代田区大手町1-7-1
電話　販売 03-5299-1730　編集 03-5299-1890
URL https://www.chuko.co.jp/

ＤＴＰ　平面惑星
印　刷　三晃印刷
製　本　小泉製本

Published by CHUOKORON-SHINSHA, INC.
Printed in Japan　ISBN978-4-12-207523-8 C1193

定価はカバーに表示してあります。落丁本・乱丁本はお手数ですが小社販売部宛お送り下さい。送料小社負担にてお取り替えいたします。

中公文庫既刊より

各書目の下段の数字はISBNコードです。978－4－12が省略してあります。

あ-10-10
静かなる良人　新装版
赤川次郎
浮気をして家へ帰ると夫は血まみれで倒れていた。犯人探しにのりだした妻の千草は、生前気づかなかった夫の思いがけない一面を知る……。〈解説〉山前　譲
206807-0

あ-10-11
迷子の眠り姫　新装版
赤川次郎
クラス対抗リレーの練習に出かけた昼下がり、誰かに川に突き落とされた高校生の笹倉里加。病院で目を覚ました彼女に不思議な力が！〈解説〉山前　譲
206846-9

あ-10-15
招かれた女
赤川次郎
解決済みの女学生殺人事件の犯人が野放しになっていた。真犯人の似顔絵を探し始めた人々が命を狙われて――。傑作サスペンス・ミステリー。〈解説〉山前　譲
207039-4

あ-10-16
裁かれた女
赤川次郎
亡き父の秘密を探り無垢な子どもを狙うのは、闇に葬った罪を知る人？『招かれた女』から15年、さらに謎が深まるサスペンス・ミステリー続編。〈解説〉山前　譲
207107-0

あ-10-17
めざめ
赤川次郎
両親を惨殺された11歳の美沙は心を閉ざしてしまう。娘を救うため、〝母〟の願いが奇跡を起こす。親子の絆と再生を描く感動の長編小説。〈解説〉山前　譲
207332-6

あ-10-18
遅刻して来た幽霊
赤川次郎
上司の葬儀に自殺した新入社員の幽霊が――⁉　連続死の謎を女子社員が追う。予測不能な展開、心揺さぶる秘密。恐怖の後に温もりが残る傑作六篇。〈解説〉山前　譲
207491-0

あ-10-9
終電へ三〇歩
赤川次郎
リストラされた係長、夫の暴力に悩む主婦、駆け落ちした高校生カップル……。駅前ですれ違った他人同士の思惑が絡んで転がって、事件が起きる！
205913-9

い-74-10

i《アイ》 鏡に消えた殺人者 警視庁捜査一課・貴島柊志

今邑彩

新人作家の殺害現場には、鏡に向かって消える足跡の血痕が。遺された原稿には、「鏡」にまつわる作家自身の恐怖が自伝的小説として書かれていた。傑作本格ミステリー。

205408-0

い-74-11

「裏窓」殺人事件 警視庁捜査一課・貴島柊志

今邑彩

自殺と見えた墜落死には、「裏窓」からの目撃者が。少女に迫る魔の手……。衝撃の密室トリックに貴島刑事が挑む！ 本格推理＋怪奇の傑作シリーズ第二作。

205437-0

い-74-12

「死霊」殺人事件 警視庁捜査一課・貴島柊志

今邑彩

妻の殺害を巧妙にたくらむ男。その計画通りの方法で死体が発見されるが、現場には妻のほか、二人の男の死体があった。不可解な殺人に貴島刑事が挑む。

205463-9

い-74-13

繭の密室 警視庁捜査一課・貴島柊志

今邑彩

マンションでの不可解な転落死を捜査する貴島は、六年前の事件に辿り着く。一方の女子大生誘拐事件の行方は？ 傑作本格シリーズ第四作。〈解説〉西上心太

205491-2

い-74-14

卍《まんじ》の殺人

今邑彩

二つの家族が分かれて暮らす異形の館。恋人とともに訪れたこの家で次々に怪死事件が。謎にみちた邸がおこす惨劇は、思いがけない展開をみせる！ 著者デビュー作。

205547-6

い-74-17

時鐘《とけい》館の殺人

今邑彩

ミステリーマニアの集まる下宿屋・時鐘館。姿を消した老推理作家が、雪だるまの中から死体となって発見された。犯人は編集者か、それとも？ 傑作短篇集。

205639-8

い-74-20

金雀枝《えにしだ》荘の殺人

今邑彩

完全に封印され「密室」となった館で起こった一族六人殺しの犯人は、いったい誰か？ 推理合戦が繰り広げられる館ものミステリの傑作、待望の復刊。

205847-7

い-74-8

少女Aの殺人

今邑彩

深夜の人気ラジオで読まれた手紙は、ある少女が養父からの性的虐待を訴えたものだった。その直後、三人の該当者のうちひとりの養父が刺殺され……。

205338-0

各書目の下段の数字はISBNコードです。978－4－12が省略してあります。

と-25-45　新装版　雪虫　刑事・鳴沢了　堂場瞬一
俺は刑事に生まれたんだ——鳴沢了は、湯沢での殺人と五十年前の事件の関連を確信するが、署長である父は彼を事件から遠ざける。〈解説〉宇田川拓也
206821-6

と-25-46　新装版　破弾　刑事・鳴沢了　堂場瞬一
警視庁にやってきた了は署内で冷遇を受ける女性刑事・冴と組む。心に傷を抱えた二人が今、最高のコンビとして立ち上がる。〈解説〉沢田史郎
206837-7

と-25-47　新装版　熱欲　刑事・鳴沢了　堂場瞬一
青山署の刑事として現場に戻った了。詐欺がらみの連続傷害殺人事件に対峙する了の捜査は、ＮＹの中国人マフィアへと繋がっていく。シリーズ第三弾。
206853-7

と-25-48　新装版　孤狼　刑事・鳴沢了　堂場瞬一
行方不明の刑事と不審死した刑事。遺体の手には「鳴沢了」と書かれたメモ——最強のトリオで警察内に潜む闇に挑め。シリーズ第四弾。〈解説〉内田俊明
206872-8

と-25-49　新装版　帰郷　刑事・鳴沢了　堂場瞬一
殺人事件の被害者遺族に依頼された、父が遺した未解決事件の再調査。「捜一の鬼」と呼ばれた父を超えるため、了は再び故郷に立つ。〈解説〉加藤裕啓
206881-0

と-25-50　新装版　讐雨　刑事・鳴沢了　堂場瞬一
爆破事件に巻き込まれた了。やがて届く犯行声明。爆弾魔の要求は世間を騒がせた連続幼女誘拐犯の釈放であった。大人気シリーズ第六弾。〈解説〉内田　剛
206899-5

と-25-54　新装版　久《く》遠《おん》（上）　刑事・鳴沢了　堂場瞬一
ターゲットは、鳴沢了。何者かに殺人の濡れ衣を着せられた了。潔白を証明するため、一人、捜査に乗り出すのだが……。刑事として生まれた男、最後の事件。
206977-0

と-25-55　新装版　久遠（下）　刑事・鳴沢了　堂場瞬一
謎の符号「ＡＢＣ」の正体を掴むも捜査は行き詰まる。闘い続けた男の危機に仲間たちが立ち上がる。全てを操る黒幕の正体とは？　警察小説の金字塔、完結。
206978-7

と-26-9
SRO Ⅰ 警視庁広域捜査専任特別調査室
富樫倫太郎
七名の小所帯に、警視長以下キャリアが五名。管轄を越えた花形部署のはずが――。警察組織の盲点を衝く、連続殺人犯を追え！　新時代警察小説の登場。
205393-9

と-26-10
SRO Ⅱ 死の天使
富樫倫太郎
死を願ったのち亡くなる患者たち、解雇された看護師、病院内でささやかれる『死の天使』の噂。SRO対連続殺人犯の行方は。待望のシリーズ第二弾！　書き下ろし長篇。
205427-1

と-26-11
SRO Ⅲ キラークィーン
富樫倫太郎
SRO対〝最凶の連続殺人犯〟、因縁の対決再び!!　東京地検へ向かう道中、近藤房子を乗せた護送車は裏道へ誘導され――。大好評シリーズ第三弾、書き下ろし長篇。
205453-0

と-26-12
SRO Ⅳ 黒い羊
富樫倫太郎
SROに初めての協力要請が届く。自らの家族四人を殺害して医療少年院に収容され、六年後に退院した少年が行方不明になったというのだが――。書き下ろし長篇。
205573-5

と-26-19
SRO Ⅴ ボディーファーム
富樫倫太郎
最凶の連続殺人犯が再び覚醒。残虐な殺人を繰り返し、日本中を恐怖に陥れる。焦った警視庁上層部は、SROの副室長を囮に逮捕を目指すのだが――。書き下ろし長篇。
205767-8

と-26-35
SRO Ⅵ 四重人格
富樫倫太郎
不可解な連続殺人事件が発生。傷を負ったメンバーが再結集し、常識を覆す新たなシリアルキラーに立ち向かう。人気警察小説、待望のシリーズ第六弾！
206165-1

と-26-37
SRO Ⅶ ブラックナイト
富樫倫太郎
東京拘置所特別病棟に入院中の近藤房子がいよいよ動き出した。見込んだ担当看護師を殺人鬼へと調教し、ある指令を出したのだ。そのターゲットとは――。
206425-6

と-26-39
SRO Ⅷ 名前のない馬たち
富樫倫太郎
相次ぐ乗馬クラブオーナーの死。事件性なしとされるも、どの現場でも人間と同時に必ず馬が一頭逝っている事実に、SRO室長・山根新九郎は不審を抱く。
206755-4

各書目の下段の数字はISBNコードです。978－4－12が省略してあります。

ほ-17-14
新装版 ジウⅠ 警視庁特殊犯捜査係
誉田 哲也
人質籠城事件発生。門倉美咲、伊崎基子両巡査が所属する警視庁捜査一課特殊犯捜査係も出動する。だが、この事件は〝巨大な闇〟への入口でしかなかった。
207022-6

ほ-17-15
新装版 ジウⅡ 警視庁特殊急襲部隊
誉田 哲也
誘拐事件は解決したかに見えたが、依然として黒幕・ジウの正体は摑めない。事件を追う東と美咲。一方、特進をはたした基子の前には不気味な影が。〈解説〉宇田川拓也
207033-2

ほ-17-16
新装版 ジウⅢ 新世界秩序
誉田 哲也
新宿駅前で街頭演説中の総理大臣を標的としたテロが発生。歌舞伎町を封鎖占拠し、〈新世界秩序〉を唱えるミヤジとジウの目的は何なのか⁉〈解説〉友清 哲
207049-3

ほ-17-21
新装版 国境事変 〈ジウ〉サーガ4
誉田 哲也
在日朝鮮人会社社長殺人事件の捜査で対立する公安外事二課と捜査一課の男たち。銃声轟く国境の島・対馬で、彼らを待っていた真実とは。〈解説〉宇田川拓也
207499-6

ほ-17-5
ハ ン グ
誉田 哲也
捜査一課「堀田班」は殺人事件の再捜査で容疑者を逮捕。だが公判で自白強要の証言があり、班員が首を吊った姿で見つかる。そしてさらに死の連鎖が……誉田史上、最もハードな警察小説。
205693-0

ほ-17-7
歌舞伎町セブン
誉田 哲也
『ジウ』の歌舞伎町封鎖事件から六年。再び迫る脅威から街を守るため、密かに立ち上がる者たちがいた。戦慄のダークヒーロー小説！〈解説〉安東能明
205838-5

ほ-17-11
歌舞伎町ダムド
誉田 哲也
今夜も新宿のどこかで、伝説的犯罪者〈ジウ〉の後継者が血まみれのダンスを踊る。殺戮のカリスマvs.新宿署刑事vs.殺し屋集団、三つ巴の死闘が始まる！
206357-0

ほ-17-12
ノワール 硝子の太陽
誉田 哲也
沖縄の活動家死亡事故を機に反米軍基地デモが全国で激化。その最中、この国を深い闇へと誘う動きを、東警部補は察知する……。〈解説〉友清 哲
206676-2